ティアラ文庫

追放《リストラ》聖女は再就職先で純情魔王に溺愛されそうです!?

せらひなこ

プランタン出版

Contents

※本作品の内容はすべてフィクションです。

第一章　二度目の追放《リストラ》……そして再就職は元魔王の城ですか⁉

「それって……ダルバート勇者王国を追放、ってことですか⁉」

召喚聖女マリア・アオバは悲鳴に似た声を上げた。


昼下がりの聖女庁面談室は穏やかだ。明るい陽光が差し込み、遠くから王宮の喧噪《けんそう》が陽気な音楽のように聞こえている。

だがいま聞いた言葉はその空気からはまったくかけ離れていた。いっそ空耳だと思えればどんなによかったか。

しかし同時に、やはり、という思いも湧き上がってくる。

「落ち着いて、アオバ三級聖女官。契約解除だから、追放というわけではない。依頼退官というか、そうだな……召喚転移者《きみたち》の言葉で、リストラ、って感じかな?」

大きな応接机の向こうには聖女庁の人事事務官が二人、申し訳なさそうな顔で座っている。年長の男、クラース事務官がヒゲを揺らしながらため息をついた。

「第五次勇魔戦争――アヴィニウス元魔王国攻防戦が終わって三年。いつもどおりそろそろ聖女官も減らしていくべきという意見が議会で上がってね。もちろん君たちのせいじゃない。予算の問題だ」

「じゃあ、私以外にも」

心配顔のマリアの言葉に事務官は二人とも顔を見合わせた。

「四級聖女はこれまでも七割以上辞職してもらっただろう? ただ三級聖女は君が初めてということになる」

「どうして最初に私なんですか?」

それは、と言いにくそうな表情でクラースが視線を落とす。

「もちろん、この後には他にも依頼退官をお願いするつもりだ。その中では君が一番明るいし、性格もいいし……我々までも気遣ってくれるその優しさなら、きっとすぐに次も見つかると思う」

「三級聖女の中にはすでに所帯を持って子供がたくさんいる者もいてね。君はほら、まだ身軽だから、最初にこうしてお願いに」

若手の事務官もすまなそうに微笑《ほほえ》んだ。

ああ、まただ。

また、この世界でもこうなるのね。

マリアは小さく息をつき、それから諦めた気持ちで微笑んだ。

「なるほど、そういうことなら仕方ありませんね！　お二人の立場も分かりますし……このお話、私でよければ謹んでお受けします」

「本当か！　すまないな聖女マリア」

二人の明るい顔にマリアも笑顔で応じる。胸がじわりと痛い。感情をねじ曲げていることの感覚は前世から一緒だ。

「でも慌てなくていい。すぐに寮や居室を出て行ってくれ、というわけじゃない。来週から仕事はなくなるが、これから三ヶ月の間は自室に住み続けていい。その間は食堂も共有施設も使えるし、もちろん、聖女庁としても再就職先の紹介は続けるから……」

クラースの声がどこか遠く感じる。マリアは呆然とする頭の中で、先ほどの『リストラ』という懐かしい言葉を反芻《はんすう》していた。

ここダルバート勇者王国は西大陸有数の大国だ。

勇者王国とは……代々の王を勇者とし、神から言い渡された魔族との戦い『勇魔戦争』を歴代に亘《わた》って繰り広げる国々のこと。この世界の創世記によれば、定期的に降りてくる

『神託』に沿って魔族との戦争をする必要があり、見返りとして豊かな大地を保障されるという。

もっとも、魔族といってもいまではすっかり人間文化に近くなっており、マリアが以前いた社会で言われていたような『悪の存在』ではない。むしろ『他民族』『別種族』といった表現がより正確だろう。

民族同士の争いは形骸化しているが、中には頑強に抵抗する国や部族もいるため、勇者王国は必要な人材を確保するために異世界からの能力者召喚を盛んに行っていた。

ダルバートは他の勇者王国と比べて、召喚の回数も招いた人数もケタ違いに多かった。そこに現地魔法学校出身の聖女も加わり、現在では聖女庁所属の聖女は二千人以上、在野の聖女も含めると数万人は下らない。

そんな在野の聖女の半分は、聖女庁から『追放』……リストラされた聖女なのだ。

この国では戦争の神託が下るたびに多人数が召喚され、魔法能力値の高さによって五級から特級まで区分される。戦争が終わるたびに、レベルの低い五級から大量にリストラされていく。

今回のリストラの噂が出回り始めたのは春の初め頃だった。

組織再編を理由に五級聖女だけでなく、四級聖女もごっそり解雇された。三級聖女たちの間では連日のように『次は自分たちだ』と話題になっていた。同僚たちの話を聞きなが

ら、もしかしたら自分も対象者かもしれない、とマリアは思った。それは予感というより
も恐れと確信だったかもしれない。

今日、その予感の正しさが証明されたわけだ。

マリアは首を振り、机の上の資料から顔を上げた。

「あの、ひとつだけお聞きしたいんですが」

「もちろん」

「私がリストラされる本当の原因って、やっぱり……能力が低いというか、平凡だからで
すか」

事務官たちが顔を見合わせる。

だがそこへドアが開く音、続いて澄んだ声が響いた。

「そうだ」

弾かれたようにドアの方を見ると一人の女性が立っている。マリアは慌てて立ち上がり、
深々と聖女流のお辞儀をした。

「聖女長……ご機嫌麗しく」

マリアと事務官たちの挨拶を軽く片手でいなし、聖女長ユズキ・ワタナベはカツカツと
こちらへ歩いてきた。

年齢は三十代の半ばくらいか。青くうねる髪にやや日焼けした肌、彫りが深く、グラマ

ラスな容姿。典型的な聖女のイメージとは真逆だが、真っ白な聖女衣を纏った堂々たる立ち居振る舞いは強さと威厳を感じさせるものだ。戦争の時は『瀕死五人の同時蘇生』を成し遂げるなど、特級聖女の中でも破格の力の持ち主でもある。

ユズキはマリアの隣に立つと腕組みをしてこちらを見た。

「マリア、お前は性格もいいし明るい。それに潜在能力もあると思う。だが、お前自身の性格が戦争やこの国に合っていない。ハッキリ言わせてもらえば、お前は『勇者王国の聖女として』弱いんだ」

ユズキもマリアと同じ転生召喚者だ。前の世界では病院で看護主任をしていたという。態度も口調もぶっきらぼうで強めだし、飾り気がないだけにその言葉はグサグサと心に刺さってくる。マリア自身も真実だと分かっているだけになおさら痛かった。ぎゅっと杖を握りしめるしかできない。

でもここで悲しい顔をしたら本当に挫《くじ》けてしまいそうだ。それにユズキが困るだろう。

「自分でもなかなか要領よく出来ないな、とは思っていたので、言っていただいて良かったです。また新しいところで頑張りたいです！」

無理矢理にでも明るい笑顔を作る。

大丈夫、平気だ。前の世界でも、この世界でも、いつもこうしてやってきた。

ユズキはそんなマリアの肩にポンと手を置いた。

「お前が努力してるというのは分かってる。だからこそ、このへんで自分の境遇を考え直すべきじゃないかと思う。自分の能力と、人生の質の向上のためにも」

「はいっ……！」

顔を上げたマリアの前でユズキは手持ちの大聖杖を床に打ち立て、音を鳴らした。

「聖女長ユズキ・ワタナベが命じる。……マリア・アオバは今週末をもって王宮聖女官の任を解くものとする。三年間、ご苦労だった」

頭上から降り注ぐ言葉の重さ。

「……これまで、本当にありがとうございました」

マリアは様々な思いを抑え、深々と頭を下げた。


マリアはいつでも普通だった。

前の世界での名前は青葉《あおば》マリア。二十二歳の、どこにでもいるごく普通の女性として半生を過ごした。

マリアへの評価はどの時期でも一緒だ。小学校でも中学校でも、頑張り屋さんで優しいマリアちゃん。学力や知能、容姿は普通だけど、いつでも明るく優しい子。

誰にでも優しいから友達は多い。でも同じだけ損をすることも多かった。

『マリアごめん、今日の掃除係、お願いしてもいい?』

『お願いマリア、その席代わってくれない?　一生のお願い!』

『マリアさんならお願いできると思って……』

頼まれたら断れない。様々な事情があり、本当にただ押しつけられているだけのときもあるのだけれど……それでも相手が可哀相だと思ってしまう。微笑んでしまう。

「自分のこの性格が悪いんだけどね」

分かっている。それでも、ずっと続けば悲しくなるし、疲れてくる。

人間と付き合うのは得意ではなかったが、物言わぬ植物や動物たちと触れ合うのは好きだった。中でも動物は大好きで、専門学校を出てペットトリマーになった。

まだ新人だし、能力はそれなりだったと思う。その分、仕事は丁寧さを心がけ、明るく振る舞っていた。やってくる動物たちにも、飼い主さんにも優しさと笑顔を心がけた。ホームセンター内の店舗だったから雑用も引き受け、毎日目が回るように忙しかったが、若さと気合いで乗り切った。

だからリストラの対象になった、と聞いたときにはびっくりしたものだ。

『ごめんねマリアちゃん、でもシングルママの樋口《ひぐち》さんと、子供三人いる中村《なかむら》さんを辞めさせるのは可哀相で……』

『マリアちゃんまだ若いし、優しいし、明るいからさ。すぐに次が見つかると思って』

そうですね、とそのときも笑って店を後にした。本当は心がぺしゃんこに凹んでいた。たぶんその時点で少し、世界と自分の人生とが嫌になっていたのかもしれない。

そんな失意のドン底で歩いていたから、走ってくるトラックも避けられなかった。

横断歩道を渡っている最中、激しい衝撃で突き上げられた。気が遠くなり……次に気付いたら光の輪の中にいた。

光が収まり、周囲を眺め回してマリアは驚いた。

不思議な装飾の大広間で、周囲にはたくさんの人がいる。見たことのない景色、西洋ファンタジーのような衣服。

自分の格好を見ればこちらも真っ白なドレスのような服装に変わっている。手には大きな杖まで持ち、壁の鏡に映る姿はなんと、黒かった髪の毛が水色に変色している⁉

「わ、私はいったい……ここは……⁉」

「ようこそ聖女さま。ここはダルバート勇者王国。あなたは異世界からの転生聖女としてこの王国に召喚されたのです！」

「だるばーと……勇者王国？　召喚⁉」

恐る恐る尋ねると、一番近くにいた金髪の青年が丁寧に教えてくれた。

曰く、この世界には光と闇、正義と悪があり、勇者と魔族がいると。そしてここは神託を受け、魔族と悪と戦い続ける勇者たちの王国の一つ『ダルバート勇者王国』なのだという。老国王夫妻に代わって国政を見ているのが、この金髪の青年、アンドリュー王子なのだそうだ。

「あなたは異世界から聖女として召喚されたのです。治癒の力、清めの力、祈りの力と、異世界から渡ってきた故の特別な力を駆使してどうか私たちと共に戦ってください。私たちにはあなたの力が必要なのです！」

煌くような王子様に膝をついて頼まれたらまずは頷いてしまう。

「わ、私でよければ喜んで」

「よかった！　ありがとうございます！」

周りの人々がさざ波のように拍手を送ってくれる。マリアは心が弾むのを感じた。異世界に飛ばされた、ってことはこれまでの世界はリセットされたってことだ。生まれ変わった私はきっと新しい世界で活躍できるのかも。そう、これまでとは違って、選ばれた存在になって。

だがアンドリュー王子はふと、手元の道具を見て無表情になった。

「あ、でも能力値は……三級ですね」

「三級？」

「聖女のレベルの話です。一番凄いのが特級、一番下が五級。あなたは今は真ん中少し下くらい。並の能力ってところかな」

あー、と取って付けたように彼は笑みを浮かべる。

「もちろん、努力次第で等級は上がるから、凄く頑張ったら特級にもなれるかも。がんばってね」

「は、はいっ、がんばります！」

マリアはいつものように明るく、元気よく答える。相手はにっこりと頷き、じゃあ次の召喚！　と声を張り上げて去って行った。

幸いだったのは、この国は戦争に向けて準備をしており、平凡でもなんでも手当たり次第に聖女の能力を欲していたということ。召喚した聖女以外にも現地人の聖女もおり、さらに人手はどれだけあっても困らないという。実際に戦争になってみれば確かに仕事は山ほどあり、小さな怪我の癒やしから暗黒森の植物との交流まで多岐に渡った。

戦争は長くは続かず、戦端を開いてからほどなくしてダルバート勇者王国の勝利に終わった。そこからまた怒濤《どとう》の戦後処理。魔王国の魔族も併合すれば仲間だ。治癒に交流に浄化に……三級聖女のマリアも何かを考える間もなく働いた。たぶん現実世界で考えてもブラック企業並みだったはずだ。

やがて王都に戻り、一年、二年と経つごとに日々は穏やかになっていった。忙しく、忙しく立ち働いて時間だけが過ぎていった。

そんな中、マリアは一生懸命勉強したり修練に励んだりしたが、やはり上の階級に上がることはできなかった。『努力家ではあるが、最後の一押しが足りない』『強い魔法を使うための強い意志がない。魔術の才覚が少ないのかもしれない』不合格通知書で何度も見た言葉はどれも納得できたし、同時にどうしたら超えられるのか分からない部分でもあった。

やがて後から召喚された者たちがマリアを飛び越えて特級になり、自分よりも下の階級の者は次々転職していき……。

いつの間にか、マリアは元の世界と同じ『優しく明るく一生懸命だけど、平凡』な地位に収まっていた。それだけが取り柄だから本当に一生懸命働いた。

新しい世界に来たはずなのにまた元通り。

だから今日、人生において二度目のリストラ通告を受けたのも、きっと必然だったのだろう。

王宮前広場は午後の明るさに包まれていた。

大きな噴水によく整えられた並木。広場の一角には初代勇者であるダルバート一世の石像が剣を手に堂々とした姿を見せている。

時計塔の時刻は昼過ぎの二刻。異世界とはいえ日時の感覚はどうやら元の世界と同じで、新生活が始まった当初はその違和感のなさが本当にありがたかった。

時刻だけでなく季節なども似ていて、たとえばダルバート勇者王国の気候は元の世界の北半球に近い。いまの王都ダルメリアは初夏にあたり、街は色とりどりの花と緑で溢れ、人で賑わっていた。

五歳くらいの子供が母親と手を繋いで歩いていたが、もう片方の手からぬいぐるみがコロンと零れ落ちた。足下に転がったそれをマリアは拾い上げ、子供に差し出す。

「はい、落としましたよ!」

「まあ、聖女様のお手を煩《わずら》わせるなんて……申し訳ありません!」

母親が恐縮したように何度もお辞儀をする。今日のマリアの格好は白い王宮聖女衣に大きな聖杖という典型的なスタイルだから、自分は聖女だと宣伝して歩いているようなものだ。

「ありがとうございます。ほら、お前もお礼を言って!」

母親に言われて子供が満面の笑みを作る。

「せいじょさま、ありがとう! あと、おじいちゃんを治してくれて、ありがとう!」

「こらこら、突然言っても聖女様が困ってしまうでしょ! ……すみません、この子の祖父が足を折ったときに王都治癒院で別の聖女さまの治療を受けたので」

「そうでしたか! 私たち聖女は国民のために祈り治癒するのが役目。お祖父様は無事に治ったようでなによりでしたね。皆様に光神のご加護がありますように」

マリアが模範的な祈りの言葉を添えると、母親は嬉しそうに頭を下げ、手を振る子供を連れて大通りの方へ歩いて行く。マリアはため息をついてベンチに座り込んだ。手に馴染んだはずの聖杖さえ重く感じて、思わず苦笑する。

「お前とリストラされるのも、これで二度目になるのね……」

この杖は前の世界で使っていた道具が変化したもの。マリアの場合はトリミングに使った木製の櫛《くし》が元になっているらしい。滑《なめ》らかな木の感触には確かに面影があり、召喚された直後は寂しさのあまり杖の表面を撫でることも多かった。

前の世界でも、リストラの話を聞いた直後にはこの櫛をテーブルに置いて考え込んだものだ。まさか世界を超えて二度もそんな羽目になるとは思わなかったけれど。

リストラ宣告の後、ユズキはすぐに部屋を去り、事務官に渡された書類の山へ死ぬほどサインする羽目になった。退職許諾届、契約解除許諾届、居室の退去届。事務官に念を押されたのは、いますぐ出て行くことはない、ということだった。数ヶ月の猶予があり、その間は衣食住が保障されるという。

「まあ、待ってくれるだけありがたいかな」

前の職場のときはもっと急で、来週までに綺麗にしておいて、とロッカーの明け渡し期限を急かされたほど。次の職場なんてすぐに見つかるわけがない。そのときの絶望に比べたらまだマシだ。

マシだけど……だからといって現状が和らぐわけでもなく。

胸にはぽっかりと穴が開いたようだ。スースーと涼しく、何も考えられない。

やっぱりこの世界でも、同じなのだろうか。

明るく振る舞い、努力もしている。周囲にだって優しくしているつもりだ。考え得る限り一生懸命働いている。

でもいつだって平凡で、飛び抜けた性質はなくて、おっちょこちょいな上に損な役回りは多くて。

常に報われて欲しいとは思っていない。でもこんな風にいつまでも報われないとさすがのマリアもヘコんでくる。どの世界でも同じなのだろうか。自分はそんなにちっぽけな存在だろうか。

思わず目が潤みそうになったとき、すぐ前にぬっと人影が現れた。

「えっ？」

顔を上げた瞬間、目に映ったのは鮮やかな花束。

赤、白、青……豪勢な花束が、いきなり目の前に差し出されていた。

一体何が起きたのか、理解する前に低い声が響いてくる。

「……探したぞ、マリア・アオバ」

花束から視線を移せば、そこには漆黒の外套《がいとう》を身に纏った、ひどく背の高い人物が立っていた。

羽根飾りの付いた黒い帽子をかぶり、季節外れの襟巻きをしっかりと巻いているせいで顔がよく見えない。だがそこから覗く目は暗い紫で、射貫くようにマリアを見据えている。

も、もしかしてこれ、睨まれてる？　おまけに私の名前を知っていて!?

「あの、あなたは一体!?」

男性の背後からいくつかの靴音が近付いてきた。

「ヴィクトル様、お待ちください！　爺やはそんなに速くは走れませんぞ……！」

ふうふうという声と共にやってきたのは小柄な老人だ。ふっさりしたヒゲを生やし、執事が着るような地味だが上品な外套を着ていた。背がとても低いからもしかしたら辺境のコボルト族かもしれない。

その後ろからヒールを鳴らして現れたのは、先ほど別れたばかりの聖女長ユズキだった。

「ゆ、ユズキ様、どうしてここに」

慌てて立ち上がり、聖女流のお辞儀をしようとしたマリアをユズキは手で制した。

「挨拶はもういい。マリア、お前に再就職の依頼が来た」

「再就職？」

差し出されたのは一枚の書面だ。マリアは受け取って目を走らせた。

「えっと……求人票？　王宮治癒官ならびにブラッドブレード公国大公の個人秘書……三

食官舎付きで月……百万ギル⁉」

ブラッドブレードという名はマリアにとって知らない地名だった。おそらくは近年統合された辺境国なのだろう。

それよりも特筆すべきは報酬だ。

ダルバートは日本と似たような物価のため、百万ギルといえば百万円相当となる。ちなみに現在の給与は手取りで月十五万ギル。どう考えても破格だった。

「個人秘書と言っても仕事内容は相談役のようなものだそうだ。そちらのお二人はこの求人を出したブラッドブレード公国の関係者でな。少し前から書類では打ち合わせをしていたのだが、今日はお前への解雇通知と合わせる形で来てもらった」

ユズキの言葉にマリアは二人を交互に見比べた。穏やかにお辞儀する背の低い老人と、見上げるように背の高い男性。

「でも、どうしてこんな高額の役職を、私なんかに？　私……三級聖女ですよ？」

一級聖女ならこの月給もあり得る。三級よりも広範囲に、多くの回復や治癒魔法が使えるし、他にもいろいろな固有能力を持つからだ。実際、早くに転職した知人は辺境王室で王族専門の治癒師として成功し、貴族並みの厚遇をされていると聞いた。

でも三級聖女にはそこまでの価値があるとは思えない。せいぜい街の治癒院での治癒師が関の山だ。

「私は……三級なりにきちんと治癒魔法は使えますし、呪いの解除や物品への祝福も出来ますが、でもそれはあくまで三級としての……」

「お前だからだ、マリア」

ユズキはきっぱりと言った。

「三級聖女でもなく、一級聖女でもない、マリア・アオバ、お前を雇いたい、という申し出でな」

「私を!?」

驚くマリアの前で背の低い紳士も頷く。

「申し遅れましたが私はブラッドブレード公国にて宮廷執事をしておりますマルクスと申します。こちらは……」

「……ヴィクトルだ」

鋭い眼光のまま、低い声で言う。なんだか素っ気ない自己紹介だが、彼も王宮関係者なのだろうか。

「私どもはぜひ、あなた様をお招きしたいのです。もしもこの後のご予定がお決まりでないのでしたら、よろしければ私どもの王宮、ブラッドブレード公国へいらしていただけませんでしょうか」

「どうして私を?」

「それは」

マルクスがチラリとヴィクトルを見上げる。

ヴィクトルは小さく息をつくと、マリアの前に跪《ひざまず》き、花束を差し出した。

「我々はお前、いや、あなたにとても世話になった。ついては……返礼をさせてもらおうかと」

仕草にも言葉にもびっくりする。マリアは一瞬ぽかんと彼を見つめた。

「お礼？　私がそんなことを？」

「お前は忘れて……いや、聖女は忙しくて忘れているかもしれないが、我々はあなたに本当に世話になったのだ。本当に。だからこそ、なんとしてもお返しを」

低い声はまるで唸るようだ。こちらを見る顔はとてつもなく険しい表情をしているし、相変わらず眼光も鋭い。

そんな彼が私にお礼なんて。そもそも一体どこでこんな怖い人と出会っただろう？　いくら聖女の仕事が忙しく私が忘れっぽかったとしても、こんな特徴的な人、間違いなく覚えているハズなんだけど。

マルクスが困ったように首を振る。

「ヴィクトル様、お返しではなくお礼ですお礼！　それに女性をそんなに見つめてはいけません！」

「そういうものか……」

少しは眼光も緩くなったが、相変わらず花束は突きつけられたままだ。

困惑したマリアと花束、男性と紳士の組み合わせをユズキは面白そうに眺めた。

「悪い話ではないと思うぞ、マリア。お前は鈍くさいし、要領もよくない。数ヶ月後には路頭に迷うのがオチだ。さっさと決めておけ」

ユズキの言葉ももっともだ。うーん、と唸ってから、マリアは混乱する頭をなんとかおさめようと腕組みをした。

こういうときはシンプルに考えた方がいいってお婆ちゃんも言っていたっけ。私はリストラされ、次の就職先どころか住まいの見通しも立っていない状況。おまけにいろいろ悩んで、疲れていて。

この方々はそんな私に就職先を提示してくれている。三級聖女に対するものとしては破格の好待遇だ。お世話になった、と言っているからどこかで私の治療を受けたのかも。ユズキの保証があるのだから身元も確かだ。

そして目の前には鮮やかな花束。

差し出しているのは真っ黒な格好をした怖そうな男性。

異様な雰囲気と表情に圧倒されてしまうけど……考えてみれば、この人は私のために花束を持ってきてくれたのだ。

なによりこの『私自身を』雇い入れたいと申し出てくれた。

だったら新しい土地に一歩を踏み出してみるのもいいかもしれない。いまはもう、失うものなどないのだから。

「私などでよろしければ……お受けいたします」

パッと男性が顔を上げ、帽子の奥から素顔がチラリと見えた。

ものすごい美青年だ。

すらりとした鼻梁と浅黒い肌。彫りの深い顔立ちがまるで人形のようで。

マリアは思わず息を呑んでしまった。

こんな美形男子、この国で見たことないレベルかも……!?

だがそれも一瞬のこと。

彼はすぐに立ち上がり、顔を隠すようにそっぽを向いてしまう。

「マリア様、ありがとうございます!」

老紳士が笑顔で丁寧なお辞儀をした。

ユズキも満足げに頷き、それからにやりと笑う。

「では早速、支度をしてこい」

「支度って」

「思い立ったら吉日、と言うじゃないか。お前はクヨクヨ考える傾向にあるから、すぐに行動した方がいい。ほら、部屋に行って荷物をまとめ、その後の手配をするんだ。一時間後に聖女庁の車寄せに来い」

「一時間⁉　それはあまりに急で……！」

「この世界でも時は金なりだぞ。ほら、頑張れ！」

「は、はいっ」

ユズキがパアンとこちらの背中を叩いてくる。その力強い手に後押しされるように、マリアはどこか軽くなった気持ちで走り出した。


それから三時間後。

マリアはブラッドブレード行きの馬車の中にいた。

車輪の走りも滑らかで、窓の外の新緑は流れるように過ぎ去っていく。車窓に映り込む自分の顔だけが疲れているように見えるが、そればかりは仕方がないだろう。

ユズキたちと別れてからは怒濤の展開だった。

まずは部屋の片付けと引っ越しの準備だ。

聖女寮の三階奥、街並みが一望できる眺めの良い場所がマリアの部屋だった。こぢんまりしたワンルームだが本が多く、ひとまず身の回りの品だけ大きなトランクに詰め、残りは住居が落ち着いたら送って欲しいと寮母の老婆にお願いしてきた。相手も別れを惜しんでくれて、無事に向こうへ着いたら連絡して欲しいと言っていたっけ。

そうして聖女庁正面の車寄せへたどり着いてみれば、やけに豪華な黒塗りの馬車が停まっている。

王族でも来ているのかと驚いたのだが、なんと自分が乗る馬車らしいと聞いて二度びっくりした。

聖女庁の警護騎士によれば、ブラッドブレードは豊かな辺境国なのだそうだが、マリアにはまったくピンと来なかった。なにしろマリアは地理が苦手だし、おまけにこの国ときたら属領の地名を変えまくっているのだ。アリアンブレード、ナイツブレード、ランブレードなどなど似た名前が多くてとても覚えられない。王都を一歩出れば未知の土地、未知の地名ばかりだから、今回は専用馬車で連れて行ってもらえると知って本当に助かった。

やがてトランクを積んでもらい、乗り込んだ車内はさすが豪華馬車だけあって座席はフワフワ、乗り心地は抜群。ブラッドブレードまでは馬車に高速魔法を掛けて三時間ほどらしい。召喚されてからはずっと忙しすぎて旅行になんて行ったことがなかったから、胸を躍らせて王都を後にしたのだが……。

「……えっと、今日はお天気も良く……旅行日よりですね……」

やや緊張したマリアの声に、うむ、と向かいに座った男性、ヴィクトルが低い声で答えた。それきり、彼は何もしゃべらない。微妙な沈黙が重く感じる。

うーん、話が続かない……話題も浮かんでこない……。

マリアは心の中でため息をつきつつ、チラリとヴィクトルの姿を見た。

いまはもう帽子も取り、襟巻きも外してハッキリと素顔を晒している。

やはり、桁外れの超美形だ。

うねるような黒髪を後ろで一つにまとめ、浅黒い肌にすっと伸びた鼻梁。引き結んだ唇は彫刻のように整っている。深紫の眼差しは物憂げで、端整な顔立ちにいっそう神秘的な雰囲気を付け加えていた。キリリとした黒いフロックコートも素敵だ。

とんでもなくかっこいい。いやほんとに、少女系恋愛小説もびっくりの美形。

前の世界でのマリアは男性に対して奥手だった。就職してからは折りに触れて食事など誘われることも多かったのだが、顧客とそういった恋愛関係になるのは禁じられていたし、結局は忙しさに流されてそれっきり。

その代わりに覚えた趣味が、乙女向け小説や漫画の世界だった。

ふわふわの優しい世界と王侯貴族。

ちょっとハードな言動だけど、尽くしてくれる美青年。

強引に恋に引きずり込まれ、溺愛される世界。

こんなにキラキラした現実などあるはずはないけれど、疲れた心はとても癒やされる。

マリアのように忙しい人間でも隙間時間に楽しめる、いわば読む治癒魔法だ。給料日には何冊も買い込んで夢中で読んだものだった。

こちらの世界には漫画こそないものの、同じような小説は本屋に何冊も積んであった。どの世界の乙女も夢は変わらないというのが嬉しくて、暇さえあれば本屋に通うマリアは聖女の友人たちにからかわれたりもした。

でもまさか……物語を上回る美青年がこの世界にいるなんて。

ただ一つ、決定的に予想外のことといえば、彼が無口であること、そしてマリアを見る表情が恐ろしいほどに険しいということ。

彼の視線がこちらに向くと、マリアはびくりと身体を強張らせ、ぎこちなく窓の方へ目を逸らすしかない。初対面の美青年にこんな険しい顔をされるなんて、一体自分は何をやらかしたのだろう。そういえば、仕返しとか、お返しとか言っていたような。

王宮関係者とは聞いたけれど、実際に何の役職なのかまでは聞いていない。もしかしたら王族？　この雰囲気だとそれも頷ける。

それに、なんとなく引っかかるのは彼の紫の瞳。

どこかで見たような……。

「本当に良い天気で、道の状態も良く幸いでございましたね。マリア様、ご気分は如何《いかが》ですか？　お茶でもどうでしょう？」

考え込むマリアを心配してか、斜め向かいに座った老紳士──マルクスが優しく声を掛けてくれる。どうやら車内にはお茶を入れたポットとカップが据え付けてあるらしい。魔法制御のせいか馬車は滑らかに走っているから、この分ならお茶を飲んでも零すことはないだろう。

「ありがとうございます、ではいただいてもいいですか？」

「ええ、どうぞ」

マルクスが丁寧な仕草で紅茶を注ぎ、カップを渡してくれる。仕草のひとつひとつがきちんとして無駄がない。カップはちゃんとした陶器のもので、紅茶も質の良い茶葉を使っているようだ。

「ありがとうございます……美味しい。もしかしてアルグマーロウのお茶ですか？」

「おや、さすが聖女様、よくご存じですね。車酔いと精神の鎮静効果があります。先ほどから、少し、緊張なさっているご様子でしたので。大丈夫ですか？」

マリアは慌てて誤魔化すような笑みを浮かべた。

「ええ、ちょっとだけ。余りに展開が急だったので」

「それはそうでしょう。マリア様のご心労、お察しします。あと三十分もすれば我らの領土に入りますゆえ、しばらくのご辛抱を」

マルクスが優しく言ってくれる。なんだろう、すごく癒される雰囲気で、まるで実家のお爺ちゃんみたい。前の世界のお爺ちゃんはずいぶん昔に亡くなっているけれど、こうして温かい飲み物を持ってきてくれるのは似ている。

心がほぐれると同時に、マリアはマルクスの方へ向き直った。

「……さっきも聞いたんですけど、どうして私なんですか？　お礼、というのは分かりましたが、たくさんの聖女の中から私が選ばれた理由をもう少し、詳しく聞きたくて」

「私どもはマリア様だけをお探ししていたのです。あなたがかつてブラッドブレードでしてくださったこと、そのご恩返しをいたしたく」

「でも、申し訳ないのですがそちらの地名にも覚えがないのです。広場では詳しくお話しすることができなかったのですが」

マルクスが、おや、という顔になった。

「王宮のことだけでなく、マリア様はブラッドブレードの名前もご存じないと」

「す、すみません、本当に地理とか地図とか苦手で……この世界に来てまだ四年だし、王国の地名も全然覚えてなくて……」

「確かに、我らが領土は併合の際に大きく地名変更され、元の名前は残っておりません。王都を拠点に活動なさっていたマリア様は辺境に詳しくはないでしょうし、あれ以来再訪されていないならご存じなくても仕方がないかと。なにしろ王都の聖女様方はたいそうお忙しいようですから……」

マルクスの冷静な言葉にヴィクトルは口を引き結んだ。怖い雰囲気をひしひしと感じる。

マリアは目を瞬かせて頭をフル回転させた。ええと、地名が変わって？　再訪？

思い当たる場所はひとつだけ。まさか。

ああ、とマルクスが馬車の窓から外を見た。

「マリア様、窓の外をご覧いただけますか。我が国の領土に近くなって参りました」

車窓の景色はすでに広葉樹林を抜け、わずかに尖った針葉樹の森にさしかかってきている。見覚えのある風景に胸がざわついた。

私は、この道を通ったことがある。

深い森の向こうにいくつかの集落が見える。黒い鉄製の尖った屋根と白い旗。そうだ、あの頃は白ではなく黒い旗だったはず。思わず手にしたカップを取り落としそうになる。

思い出した。この土地は！

「そろそろ王宮が見えて参ります。尖塔も一度は崩れましたが……戦前と同じに整えてありますれば、思い出していただけるかと」

森を抜け、馬車は開けた草原を突き進む。その先にあるのは大きな二つの尖塔をいただいた特徴的な建物だ。

三年前にマリアたちダルバート勇者王国が攻略し、そしてマリアが派遣された国――。

「こ、こ、ここは……『アヴィニウス元魔王国』ではありませんか！」

「ようやく思い出したな」

薄く笑ってヴィクトルはマリアを強く見つめた。

「ようこそ、ダルバート勇者王国の属国たる我がブラッドブレード公国へ。元の名をアヴィニウス魔王国……さすがに聞き覚えがあるだろう?」

我が所領?

マリアは恐る恐る顔を上げる。血の気が引いていく音がする。

「ってことはあなたは、もしかして」

ふっと笑ってヴィクトルは目を細めた。

「そうだ。我が名はヴィクトル・フレドリク・ブラッドブレード。元魔王である。歓迎するぞ、聖女マリア!」

「も、元魔王——!?」

首都を走り抜ける馬車の中、マリアの悲鳴じみた声が響いた。


勇と魔の闘争はどの世界にもある、とこの世界の経典《きようてん》は言う。

光神は勇の側として『勇者』を任命。逆に闇神は『魔族』へ支援をすることを決めた。

以来、世界の初めから現在に至るまで永遠の戦いが続いている。

けれど光の側の勇者がいつも正しいとは限らないし、魔族といってもいつも悪事をしているわけではない。それぞれの善悪のバランスが同じで、うまく共存している地帯も多くあるという。

ただ、違った種族が住んでいるだけで戦いが起きるのは前の世界でもありふれたことだったから、この世界の神は解決策として定期的な戦闘を定めたのかもしれない。

マリアたち聖女の役目は、戦争による負傷者をせめて素早く癒やすこと。

第五次勇魔戦争。

それはマリアにとって最初で最後の勇魔戦争だった。

ダルバート勇者王国が併合しようとしたのは北方に住む魔族の国、アヴィニウス魔王国。森の所有を巡る争い、そして魔王国からの度重なる襲撃と略奪から小競り合いが始まり、さらに『戦争を行え』という定期神託が出た上で勇魔戦争をすることになった。

これまでは平和に話し合いで併合できたこともあるらしいが……アヴィニウス魔王国は断固拒否した。そのとき王位にあったのは老獪《ろうかい》な前魔王だ。彼は強く恐ろしく、まさに『魔王』なのだと説明された。

ただそのような前情報とは裏腹に、魔王の不意の死によって戦闘は二日で終わってしまう。

あっけない幕切れは双方共に予想外だったようだ。これまでの戦争に比べれば戦闘規模は小さかったが、最後は宮殿を巡って激しい戦闘になり、双方に死者と負傷者が出た。

マリアたち三級聖女が魔王国に入ったのは降伏宣言の直後だ。マリアは三級の中でもあまり人間に対する治癒力が高くない。その代わり動物や植物に対する適性があるとのことで、主に負傷した魔族や魔獣、傷ついた精霊樹の治癒を任された。城の厩舎から地下牢に裏手の森、暇があれば人間の治癒院にも顔を出し、ささやかな能力ながらも本当にたくさんの生物へ治癒の術を掛け続けたものだ。

やがてマリアたちが役目を終えて王都に戻り、しばらく経った頃に属国となったと聞いた。地名もことごとく改められ、公国の一つとして改名された頃にはもう、マリアは畜産や森林関係の仕事で忙しく、新聞さえ見ていなかった。

そんな戦後から三年。

ブラッドブレード公国の公都、ブラドゥーン。

王宮の尖塔を中心に開けた街並みは、国の規模と同様、さほど大きくはない。ダルバート王都のダルメリアに比べれば三分の一以下の規模だろうか。

それゆえに街に漂う雰囲気はどこか牧歌的で、小さな広場に集う人々の様子にものんびりしたものが感じられる。古い時代のハープが奏でられ、吟遊詩人が流行の歌を歌う様子はさながら元の世界のファンタジーゲームの一幕といった風情があった。

すでに夕暮れ時だが街の中は賑やかだ。街道には馬車が行き交い、酒場にはたくさんの人影が溢れている。

美しい光景を見てマリアは嬉しくなった。よかった、風の噂では聞いていたけれど、無事に復興できたんだ。いくら正義のためとはいえ攻め込んだのはマリアたちダルバート勇者王国の方だから、こうして元の街並みにも劣らない姿を取り戻してくれたのは本当に嬉しい。

そこまでは良かったのだけれど。

問題は王宮に入り、馬車を降りたその後だ。

王宮の廊下を進みながら、マリアは心臓を最高にドキドキさせながら固まったままでいた。

理由は一つ。

なぜ……いま、自分は元魔王の腕に抱きかかえられて王宮内を移動しているのだろう。

そう、マリアは呆然とした表情のまま、ヴィクトルにお姫様抱っこをされているのだ。

こ、これ、おかしい……のでは!?

冷や汗ダラダラだが、身体は硬直したまま動かない。

思えば最初の階段で躓《つまず》いたのが発端だった。

「危ない！」

転びかけたマリアをヴィクトルは咄嗟《とっさ》に支えてくれた。そこまではよかったのだが、スッと抱きかかえられ、王宮の中へ入ったものだからマリアの目もまん丸になった。

呆然としている間に彼は王宮の廊下をドンドン進んでいく。

これはもしかして、アヴィニウス流の歓迎行為なのだろうか。それとも罰ゲーム？　以前のお礼だと言われたけれど、もしや仕返しの間違いでは？

どちらにしても、すれ違う侍女や騎士たちが微笑みながら見送ってくれるのはさすがに恥ずかしい。

「あ、あの、そろそろ下ろしていただければ……私も自分で歩けますから……」

「ダメだ。先ほどよろけたではないか。それにこれも仕返しの一部だ。お前がこの国にしてくれたことへの、な」

「ひえっ、やっぱり仕返し!?」

ヴィクトルはわずかに視線を下げ、ジロリと睨み付ける。その視線の怖さに次の言葉が喉の奥へ引っ込んでしまった。

「ですからヴィクトル様、それは仕返しではなくお礼でございます。言葉が違いますれば」

小走りで後ろに付き従うマルクスが控えめに訂正をする。いやいや、この状況を訂正して欲しいんだけど！

「あ、ああ、すまない」

ヴィクトルはほんのわずかに人間らしい表情を見せた。整った顎の形と鼻の形。荒く削ったような頬が男らしく、まるで彫刻のようだった。

ヴィクトルが鋭い視線でこちらを見る。

「まだ、なにか？」

「い、いいえ！」

あまりのイケメンぶりに思わず見つめてしまった。マリアは慌てて下を向いた。

——お礼とはいえどうして会ったこともない私にこんなことをするのかしら。まだ理由は謎が多いけれど……。

ただ、抱き上げられてみると足腰が楽で驚いた。たぶん、知らないうちに疲労が溜まっていたのだろう。

無理もない、今日は午前中から強行軍の一日だったのだ。リストラされて、新しい就職先が決まって、部屋を引き払って。高速馬車で三時間というのもなかなかの移動距離だし、車内ではずっと緊張が続いていた。自分が思っているよりも疲れていたのかもしれない。

広すぎる廊下をまっすぐに進めばそこは大広間だ。扉を守る騎士たちが恭《うやうや》しくお辞儀をする中、ようやく下ろされる。ふう、と息をついてからマリアはヴィクトルを見上げた。

「あの、ありがとうございます……ヴィクトル様は、お優しいんですね」

また険しい表情をされるかもしれない。理由は分からないけど、運んでもらえたお陰で楽だったのは事実だから、お礼は伝えないと。

ヴィクトルは案の定、さらに険しい、まるで呪いみたいな表情を浮かべる。すごい顔してる。

さっきも抱き上げている間、ずっとこの表情だったたし、これは本格的に嫌われているのかも。

しかし彼の頬が、耳が、見る見る赤く染まった。

「……お前が、疲れているようだったから……」

小さい声でボソッと言い、開かれた扉から大広間に入っていく。

えっ、びっくりした。

もしかして、それは私の疲労に気付いて？

「聖女マリア・アオバさま。王宮治癒官と個人秘書への任命式を行いますので、どうか大広間へ」

後から付いてきていたマルクスに言われてマリアは慌てた。

「で、でも適当な服装ですし、長旅で汚れていますし」

「簡単な、形式的なものですから、気にしなくていいですよ。すぐに終わりますから」

そう言われては断る理由がない。マリアはおずおずとした足取りで大広間に足を踏み入れた。

円柱が並ぶ広い部屋には赤い絨毯《じゅうたん》が敷き詰められている。入り口と玉座の近くに鎧を着込んだ騎士たち、奥には侍女も何名か立っていた。

ヴィクトルは正面にある玉座にどっかりと座り、こちらを睥睨《へいげい》している。こうしてみると元魔王というのも頷ける。高貴なのにどこか禍々《まがまが》しい。峻厳《しゅんげん》なのに色気に溢れている。気をしっかり保っていないとなんだか魅了されてしまいそうだ。

「ダルバート勇者王国に召喚されし聖女マリア・アオバ、ここに王宮治癒官兼ブラッドブレード大公の個人秘書として任命します」

「……マリア・アオバ、ありがたく拝命します」

小さな書状を受け取り、マリアは深々とお辞儀をした。

「せいぜい励むがよい」

重々しい声でヴィクトルが告げる。その声からは何も感情が読み取れない。マリアは下げた頭をさらに深く下げ、形式的に答えるしかなかった。

「さてそれではお部屋にご案内しましょう、マリア様」

マルクスの言葉に顔を上げればすでにヴィクトルの姿はない。

「あの、ヴィクトル様は……」

「ああ、ヴィクトル様は夕の執務に向かわれます。ここからは私が王宮をご案内させていただきましょう」

「ありがとうございます、宜しくお願いします！」

マリアはホッと息をつき、マルクスの後に付いて歩き出した。

大広間の後ろにはまた長い廊下がある。王宮の奥にあたるようで、中庭に面したこぢんまりとした回廊にはいくつものドアが並んでいた。

中庭の空にはすでにいくつかの星が光っている。移動ばかりですっかり時間感覚を失っていたが、そろそろ夜の帳《とばり》が降りるような時間なのだろう。

「一階には大臣の執務室や会議室がございます。と言っても我らブラッドブレードはダルバートなどと比べると小国。おそらく国の規模も十分の一もございません。政府機関もその分小規模ですし、王宮も小さなものです」

言われてみれば確かにすべてが小さめかもしれない。五階建ての瀟洒《しょうしゃ》な王宮の中に、図書室や大食堂、貴賓室などが機能的に配置されている。一階と二階が行政府、王や王族の個室は三階から上に配置されているようだ。屋上には星を見るための観測室もあると言っていたっけ。

ひととおりの案内を終えてから、三階の廊下でマルクスが微笑む。

「驚かれたでしょう、いろいろと」

彼の言葉にええ、と曖昧に頷く。

「なんというか、その……私、前の戦争のときのことを、そこまで覚えていないんですよね。なので、ご厚意はありがたいのですが、ちょっと驚いてしまって」

おや、と言ってからマルクスは目を細めた。

「そうでしたか。けれど私たちにとっては御礼をしなければならないようなことばかりでしたから、当然のことですよ」

「そうですよ、聖女様！」

急にマルクスの向こうから声が掛かった。

見れば、マルクスと同じくらいの背丈の侍女が奥のドアの前に立っている。

「あなたがマリア・アオバ様ですね？　ようこそブラッドブレードへ！　私達はあなたを待っていたんです！」

小柄な侍女はトトテトテと可愛い仕草で近付くとマリアに手を差し出した。

「私の名前はジョアンナ・ホルへ。マリア様付きの侍女です。ほんとにあの戦争の時はありがとうございました！」

そばかすのある肌に大きな茶色の目、ピンク色の髪をひっつめにした可愛い女性だ。紺色の侍女服を着ていなかったら少女が迷い込んだようにも見えたかもしれない。背が低いからやはりコボルト族だろうか。姿は違うが、顔立ちはマリアと同じ二十代のようにも見える。

「ありがとう、って、私に……？」

「そうですよ、ウチの兄と使い魔を治癒してくださったんですから！　兄は元魔王軍の召喚竜部隊少佐だったんです！」

なるほど、確かに竜も多く居たっけ。あまりにめまぐるしく世話をしていたから一人一人の覚えはないが、おそらくマリアが治癒をした者たちの一人だったに違いない。

でも、とマリアは苦笑を浮かべる。

「怪我をしている人を癒やすのは聖女として当然よ。私はあまり治癒の力が強くないから、すぐに動植物の治癒係になっちゃったんだけど……」

「いえいえ、親切な行為には人間も魔族も動物も関係ないです！　大変な時期にあなたに癒やされ、助けられた。それだけで私たちには十分に感謝の対象なのですから。それにあなたほど人間も魔族も分け隔て無く癒やしてくれた人はいなかった、まことの聖女様だって兄が言ってましたよ！」

にっこりと笑うジョアンナの笑顔が眩しい。今日は特に朝から自分の力のなさ、平凡さを嫌と言うほど認識させられてきたから、彼女の言葉は癒やしの力よりも強くマリアの心の中に染み込んだ。

「ありがとう。そう思ってくださったのなら、嬉しいわ」

そうです、とマルクスも言って深く頷いた。

「あなた様にはこの国の多くの者が感謝しています。その御礼もあって、今回の申し出をさせていただいたのです。ですがそれを提案し、決定したのはすべてヴィクトル様のご意志によるもの」

「ヴィクトル様の」

「ああいった性格でおられるので、多くは語られませんし、それ以上を我々が語るのも憚《はばか》られるのですが……マリア様に対して悪い気持ちではない、ということだけ、お心におとどめください」

ああ、それと、と彼は目を細める。

「言葉遣いや人への態度に関しては、いま現在も猛勉強中でおられます。何しろ『魔王』となるべく育てられた方でございますから、恐怖感を与えてしまったとしたらあの方に代わってお詫び致します」

「い、いえ、不快とかそういうのじゃないんだけど」

あのなんだかちぐはぐな行動は、そういうことだったのか。

ゲームや漫画に出てくる魔王ってみんな独特で高飛車な言葉遣いだったし、あの険しい表情も強引な仕草も現在矯正中ってことなら納得だ。

「マリア様も今日だけで色々なことがおありだったでしょう。ひとまずはお部屋でごゆるりと。私はこれで失礼いたしますが、このあとはジョアンナがすべて取り計らいますゆえ、必要であれば何でもお申し付けください。それでは」

マルクスはジョアンナに目配せし、深くお辞儀をしてから去って行く。その小さな後ろ姿がひどく頼もしいものに思えてマリアは大きく息をついた。

「さあさ、長旅でお疲れでしょう。お部屋にお荷物を運んでおきましたよ」

ジョアンナの言葉にマリアは首を傾げる。

「お部屋って、これから市街地に行くのでは……」

「何を言ってるんですか、マリア様は特別な御方ですから、こちらのお部屋が用意されております！」

マリアが驚く間もなく、突き当たりのドアをジョアンナが開けると、そこには淡い水色の部屋が広がっていた。

「わあ……！」

二間続きの部屋は広く、マリアの髪と同じ水色の壁紙が貼られている。調度品は白で統一され、応接セットにいくつものチェスト、奥の部屋には豪華な天蓋付きのベッドも置かれていた。カーテンの色合いも水色で本当に空の中に居るような気持ちになる。

突き当たりの窓を見れば王宮の外、市街地がよく見渡せた。夜の街の灯りが目に優しい。

「でも、ここは王宮よね？　おまけに本当にこんな素敵なお部屋……家賃はおいくら？」

「そんなのいりませんよ、だってヴィクトル様が決めたことですからね！」

「えっ、そうなの!?　いいのかしら、王宮に」

「自分の家の部屋をタダで貸してくれるというんですから、ありがたく住んでしまえばいいでしょう？　それともこの時間に不慣れな市街地に出て、まるまると太った灰鼠《はいねずみ》が走り回るような安宿にご宿泊なさいますか？」

「そ、それは遠慮するわ」

マリアは慌てて首を振った。さすがにそれはゴメンだ。

――にしても……部屋が豪華すぎるのよ……。

調度品の一つ一つが丁寧に作られ、相当な高級品であることは確かなようだ。応接セットの近くにはマリアのトランクが置かれていたが、古ぼけた茶色のそれがまるで場違いなものに感じられる。

その上にぽつんと置かれた小さなカードを見てマリアは首を傾げた。

「何かしら、これ」

「あら、マリア様のお荷物ではないんですか？」

ジョアンナに言われて、マリアはそっとカードを取り上げた。どこかで見たことがあるような。紙に浮き上がる紋章、これは確か……ユズキのものだ。

カードを開いた途端、眩しい光が部屋に漏れ出した。

「わっ」

ピイッと泣き声がして、光の中から何かが飛び出してくる。尖った長い耳と鼻。可愛らしい丸い目。

「せ、聖召獣……!?」

一級以上の聖女は強大な魔力を支えるため、聖召獣と呼ばれる召喚獣を使うことが許される。多すぎる魔力を放出する際に暴走しないよう、発動した魔方陣を固定するのがこの獣の役目だそうだ。王都では肩に聖召獣を乗せた聖女が誇らしげに道を歩いて行くのをよく見かけていたし、憧れの姿でもあった。

「でもどうしてここに聖召獣が……」

カードを見ればなにやら魔方陣と共にユズキのメッセージが描かれている。

『私の魔力を分割して聖召獣を封じておいた。ブラッドブレードに着いたら開けて、獣に名前をつけるように。お前は危なっかしいし、おっちょこちょいなところもある。それに元魔王国だからな。もしものときはこの獣を通じて直通の会話ができるようになっているから、遠慮無く連絡するように。　お前の先輩より』

「ユズキ様……」

思えばユズキとはこの世界に召喚され、最初に迎え入れてくれたときからの付き合いだ。その面倒見の良さにマリアは何度も救われている。今回の縁もユズキの仲介がなければ成り立たなかっただろう。

マリアの表情を窺うように、白い獣がこちらを見上げている。澄んだ青い瞳が、前の家で飼っていた白猫に似ている。さっそく名前を付けてやらないと。

「そうね、ユズキ様からいただいたものだから……ユール、でどうかしら」

ユールと呼ばれた獣は、ピイ、と可愛く鳴いてから、マリアの肩へ駆け上る。ペロペロと頬を舐められるのがくすぐったい。きっと、よろしく、と伝えているのだ。物言わぬ者たちの感情を読み取る力は、前の世界から引き継いださささやかな特殊能力と言えるかもしれなかった。

「こらこら、あんまり暴れないで！」

笑い声を上げるマリアにジョアンナは目を細めて一礼した。

「もう遅くなりましたから、今日はお部屋に夕食をお運びしましょう。しばらくお待ちくださいませ、マリア様」

「まあ、ありがとう！　……あ、そうだ」

ちょうどいいタイミングだ。マリアはジョアンナの方を見て言葉を選んだ。

「ひとつだけ……ヴィクトル様がどうして私を名指しでこの国に呼んだのか、理由を知らないかしら？　他にも聖女はいるはずなのに、どうして」

「ああ、なるほど」

ジョアンナは少しだけ考えてからイタズラっぽい表情になった。

「ヴィクトル様はまだ何も言っていないんですね？　おまけにマリア様はもしかして覚え

ていない？　なるほど」

フフッと笑ってマリアに頷く。

「思い当たる節はありますが、私から言うことではありません。これから個人秘書として、ヴィクトル様とよくお話しになるのがよろしいかと！　……では夕食をお持ちしますね」

ジョアンナが出て行くと、マリアはどっと疲れが押し寄せるのを感じた。結局何も分からないままだ。

「ちょっと疲れたな……」

よろよろと隣の部屋へ行き、天蓋付きのベッドにぼふっと身を投げ出す。フカフカの掛け布団は間違いなく上等品だ。聖女寮のごわついた毛布とは大違い。

元魔王ヴィクトル。

ここに招いてこんな豪華な部屋まで準備してくれて、おまけに超絶美青年で。

でも表情が怖くて……『元魔王』の立ち居振る舞いを矯正中で。

ヴィクトルの件以外にも、今日はとにかくいろいろなことがあった気がする。

人生二度目のリストラをされて、路頭に迷いそうになって、元魔王に助けられて。新しい場所へ来て。

ここは元魔族の国だ。でもマルクスもジョアンナも人間以上に性格が良くて、本当に『種族』が違うだけだと感じる。

二度目のリストラにあってしまったけれど、この新天地で、今度こそ新しくやり直せる……かも。

ピイッと鳴いたユールの声が遠くに聞こえる。疲れの波に押し流されるように、マリアは抗う間もなく眠りの海に沈んでいった。

第二章　魔王と私と西の森の事件

暗い階段の底には、見えない闇が渦巻いているような気がした。

一歩ずつ降りていく間も冷気が足を這い上る。心臓が早鐘を打ち、杖を握る手に力が入る。

『知能は高いけど、気性の荒い魔物なのよ。黒い狼の姿をしていて……』

『でも治癒しないわけにはいかないんですって。詳しくは知らないけど、上層部の命令で』

『ねえ、マリアちゃん、あなた〝人外疎通〟能力持ちだから、動物や獣魔族とも仲良くなれるでしょ？　お願いできないかな……』

『人外疎通』というのは動物や植物、獣魔族と心を通わせることのできる能力だ。聖女の一部が持つとされ、前の世界で動物好きだったせいかマリアもその能力を持っている。本当は不安でたまらないけど、誰かがやらなければ。それに、本当に大怪我をしているなら早く治癒してあげなければ可哀相だ。

地下牢に着くとカビのにおいと腐臭が鼻をついた。鉄格子の間を抜ける通路はどこも空だ。

ただひとつ、一番奥にあるひときわ暗い檻の中に、黒い影が蹲《うずくま》っていた。

マリアはおずおずとその檻に近付いていった。大きな影。近くに行けば美しい黒い毛皮を纏っていることが分かる。同時に鉄のにおい、いや、これは血のにおいだ。

鉄格子の前に立ってマリアは眼を見張った。

なんて立派な狼だろう……。

まずは対話をしなければ。聖なる杖をかざして目を閉じる。

「すべての言葉よ光となれ、人外疎通！」

すうっと光が狼の額へ吸い込まれる。息をつき、マリアはおずおずと話しかけた。

「あ、あの」

狼の目がうっすらと開く。紫の美しい目。

「私は聖女マリアと言います。いまからあなたに治癒の術を掛けますから、少しだけ大人しくしていてください」

もぞもぞと動く姿には確かに尖った耳とふっさりした尻尾が見て取れる。こうして鎖に繋がれ、牢に閉じ込められていなかったらさぞや美しい姿を見せていただろう。

前の世界でトリマーだったせいもあり、狼というか犬系の動物を見ると撫でたくてうずうずしてしまう。セントバーナードよりも大きくて、シェパードよりも精悍なワンコなんて。魔物でなかったら思いっきりモフモフしたいくらいだ。

こんなところに一匹で繋がれているのだから、よほどの大罪を犯したか、それとも強力な魔物なのか。

『……不要だ』

心の中にくぐもった声が聞こえた。

『我を癒やすなど不要。このまま朽ち果て骨となるまで』

声には暗い諦めが漂っている。見れば前足の中程に生々しく大きな傷跡があった。黒い毛が濡れ、その下にじくじくと湿った暗い赤色が滲む。まだ傷が固まっていないのだ。

「いま、痛みを止めて治しますから！ ……清らの光よ傷を癒やせよ、聖光治癒！」

手にした杖を掲げると光が溢れ出す。その光はうねりとなって狼の傷を優しく包み込んだ。ぐう、と一瞬、狼が声を上げる。

『不要、だと』

「ダメです！ せめて、痛みだけでも和らげさせてください。でないと、あなたが……可哀相で」

ぽろりとマリアの目から涙が零れた。いけない、前の世界のクセで、つい、動物に感情移入してしまう。

狼は大きく目を開いてマリアを見た。綺麗な紫色の目だった。

そのまますぐに目を閉じたが、その後はもう、何も言わなかった。マリアは治癒の光を強めた。額に汗が浮かぶほどの力で、急速に回復させていく。それでも自分の魔力は少なくて、一度に全部は治せない。

しばらくして治癒の光が消える頃には、マリアは汗だくになっていた。

「ごめんなさい、今日は魔力が切れてしまいました。私、あまり聖女の力が強くなくて、魔力量が少ないんです。でもまた明日には癒やせるようになりますから、それまで待っていてくださいね」

そうだ、一度で治せないなら、何度でも通えばいい。他の人間が面倒がっても、一度の量が少なくても、何度でも通えばきっと。

目を閉じたままの狼が身じろぎする。心は閉ざされたまま、感情も読めない。そうした行為ができるのは高位の魔物だけだと聞いている。おそらく人間と同じ、あるいはもっと高い知能を持っているのだろう。だからこそ、こちらを信じられないのかも。

檻の近くにふっさりとした尻尾が投げ出されている。マリアは迷ったが、その尻尾に手を伸ばし、触れた。温かい。

「本当にすみません……私たちの仲間があなたのことを傷つけて。戦争とはいえ、こんなことはダメですよね。許してとは言えないから、せめて、治るまで癒やさせてください」

狼は答えない。わずかに身じろぎし、尻尾を引っ込めた。牙さえ剝かないところを見ると、受け入れたというよりも諦めてしまっているのかも。

何か、再び来ることの証になるようなものを置いていければ……そうだ。

「明日にでも、必ず来ますから、これを証に」

斜めに掛けていたバッグから読みかけの本を取り出し、狼の側に置く。いつもの少女小説だが、狼はきっと読まないから内容は関係ないだろう。ここに再び戻ってくる、という証が必要なのだ。

それにお昼にしようと持っていたクッキーと肉のサンドイッチ、果物もそっと置いた。

「お腹が空いたら食べてください。また明日のこの時間に来ますから、それまで少し我慢していてくださいね」

マリアは小さくお辞儀をして牢を後にした。視線は感じないし興味も向けられていない。深く傷ついて、いや、絶望しているのがよく分かる。

終戦して間もないし、マリアは敵国の人間だ。心も、身体も、こちらに開いてくれることはないだろうけど。

でもせめて、癒やしてあげられたら。

階段を上る硬い足音を響かせながら、マリアはまた地上へと戻っていった。

眩しい光に、うっすらと目を開く。

視界の隅で白いカーテンが揺れている。明るい光は確かに朝日のようだ。

ぼんやりした頭の片隅にまだ夢の名残が残っている気がする。あれは三年前、戦争が終わった直後の記憶だ。すっかり忘れていたが、おそらくこの街に来たので思い出したのだろう。

あの狼がどうなったのか、マリアは結末を知らない。戦後二ヶ月ほどでブラドゥーンからは離れることになり、その後は雑事に埋もれて聞くこともしていなかった。

もっともその頃にはもう、治療は終わっていて、狼もすっかり元気になっていたから、安心しきっていたのだけれど。

当時を思い返してみれば、忙しい中にも触れ合いは多かった気がする。最初こそ無視され続けたものの、徐々に慣れてくれれば頭を撫でたり、毛並みを梳いたりさせてくれた。トリマー時代の得意技、肉球マッサージを施すと本当に気持ちよさげに目を細めていたっけ。

出会いと同じように別れも唐突で、ろくにさよならもできなかったのが心残りだったけれど。

あれから狼はどうしたんだろう。どこへ行ったんだろう。あれだけ大きく知能の高い魔狼なので、森の奥へ放したか、それとも誰か腕のある獣喚士《テイマー》ならきっといい相棒になれたと思うのだけれど。

そういえば、あの狼の、紫の目の色。

ヴィクトル様と同じだわ……。

「ピィ！」

突然顔の前に真っ白な獣が現れ、マリアは目をまん丸にした。

急いで起き上がれば昨日の聖女衣を着たままだ。

もしかして、あのまま寝ちゃってた!?

「おはようございます、マリア様。お目覚めですか？」

ドアのノックと共にジョアンナの声が響いてくる。マリアは、ええ、と答えて慌ててベッドから下りた。

扉を開けて入ってきたジョアンナはニッコリと笑った。

「昨日はだいぶお疲れのようでしたね！　よくお休みになれましたか？」

「え、ええ、すっかり寝てしまって……いま何時なの？」

「朝の七刻です。長旅に、引っ越しも重なったんですから当然ですよ。目覚めのお茶を用意しましたが、いかがですか？」

彼女はベッド脇のサイドテーブルにティーセットを置くと、手際よくお茶をカップに注いだ。爽やかな柑橘の香り。果物の紅茶だろうか。

「どうぞお召し上がりください。東エリナラで採れるエリナレモンのお茶です」

「ありがとう」

甘くてちょっと酸っぱい味わいが目覚めにはぴったりだ。マリアは大きく息を吐き出した。

「私、あのまま寝てしまったのね」

「ええ、お食事をお持ちしたら、すでに夢の中で」

「ごめんなさい、せっかくのご用意を」

「そんな日もありますよ！　それより、夕食抜きでお腹が空いていませんか？」

言われた途端にお腹が鳴ってしまう。顔を赤らめるマリアにジョアンナは小さな笑い声を上げた。

「マリア様、本当に可愛らしい方ですね！　どうなさいますか、朝食は……」

そこまで言ったところで再びドアがノックされる。ジョアンナがそちらを向いた。

「はい、どなたでしょう」

「……ヴィクトルだ」

「ヴィクトル様!?」

ベッドから飛び降り、ドアを開けようとしたがそれをジョアンナが制止する。

「ここはマリア様のお部屋です。来客にドアを開けるのも室内に入れるのもマリア様のご自由に。ですが……起床されたばかりで、お洋服もまだ着替えておられません」

言われてみればそうだ。身体も綺麗にしていないし、服装だって。

頷いたジョアンナがドアの方に顔を向けた。

「ヴィクトル様、マリア様はただいまお支度の真っ最中です。待ちきれないお気持ちは分かりますが、食堂にてお待ちください！」

身体は小さいけれど声は大きい。ハッキリとした意思表示に、ヴィクトルはしばらく扉の前に佇んでいたようだったが、分かった、という声と共に荒い足音が遠ざかっていった。

「んもう、ウチの大公はほんとうに、子供みたいにせっかちなんだから……」

ジョアンナがため息をつく。

「でも何をしにいらしたのかしら？」

「何って、マリア様を朝食に迎えに来たんでしょう？　昨日みたいにまた抱き上げて連れて行くつもりだったんですよ！」

「抱き上げてって……私がヴィクトル様と一緒に朝食を!?」

「連れて行く方法はやりすぎですけどね。朝食を共に取るのは、個人秘書官ならどの王宮でもよくあることですよ」

マリアは目を瞬かせた。心の中では昨日の彼の行動が引っかかっている。険しい表情と裏腹の行動。本人から聞け、とは言われたものの、これはさすがに確認すべきでは。

「ヴィクトル様って私のことどう思ってるのかしら……顔が険しくて、何を考えているのか全然分からなくて」

「あはは！　そのとおり！」

ジョアンナは大声で笑い出した。

「まあ、たしかにそう見えるかもしれませんね！　でもマリア様を嫌い、ってことはないですよ。マルクス様から聞きませんでしたか？」

「ええ、立ち居振る舞いを勉強中なのだと」

「ヴィクトル様はあれでいろいろとかわいそうな身の上で。いえ、前魔王様の王子だったころは本当に恐ろしい雰囲気を纏った方でしたが、なにぶん不器用な方でね。和平や国政が一段落して、ようやく最近になって『人間らしい作法』を精一杯勉強して頑張っているんです。勉強家だし努力家だけど、まだまだ魔王気分が抜けないところもあるから……ガツンと言ってやってください」

「えっ、そんなにハッキリ言っていいの!?」

「もう大人なんですから構いやしませんよ！　それとも、マリア様は一緒に食事をするのがいやですか？　それなら……」

「そ、そういうわけじゃないから、それは大丈夫！」

思わず大声で言ってしまい、マリアは赤くなる。ジョアンナは小さく笑った。

「無理はしないで、嫌なときはハッキリ言ってくださいね。ヴィクトル様は元魔王でちょっと強引なところはありますが、根本は理性的で優しいお方。見た目よりも物わかりのいい、純情な方ですから」

「純情な……」

マリアは脳裏にヴィクトルの顔を思い浮かべた。昨日、お前が疲れているから、と言ったときの彼は、確かに素直で純情な表情を浮かべていたっけ。

「ではすぐに沐浴と着替えの用意をしますから、お待ちください」

出て行くジョアンナを見送ってから、マリアは再びベッドの上に倒れ伏す。こちらを見つめるユールは心配してくれているようだ。

「ヴィクトル様、いい人、なのかな……お前達動物や獣魔族のように、心の中が分かる魔法があったらいいのにね」

マリアは大きな息をついて豪華な天井を見上げた。今朝の夢と、その名残と、ヴィクトルと。

あの狼がヴィクトルと似た色の目をしていても、二人は別物だろう。

いくら強靱な体力を持つ魔族でも『人間型』から『獣型』へ長期間変化し続けることは不可能だからだ。

この世界には生まれ持った形……種族というものがあり、そこから変化するときには莫大な力を使う。

たとえば人間型のヴィクトルが獣魔族に完全変化すること自体は可能だろうが、莫大な生命力を使うためにせいぜい数時間という一時的なものに限られる。寿命を燃やして形を変えるような原理だから、何日もそれを保つことは不可能に等しいのだ。マリアが通っていた二ヶ月間の変化など、実現しようとすれば数百年の寿命を燃やすことが必要であり、そんな無茶をやる者は誰もいない。

そもそも、本当にあの狼だったら、きっと挨拶くらいはしてくれるだろうし……。

あれから彼はどうしただろう。怪我は癒えていたから無事だろうが、いまもこの王宮の、あるいは国のどこかにいるのだろうか。

ふわりと広がったカーテンの向こうには明るい青空と街並みが広がっている。そのどこかにいるかもしれない狼を探すように、マリアは目を細めて異邦の景色を眺めた。


ブラッドブレード王宮はさほど大きくはない。

昨日の説明ではそう聞いたけれど。

「けっこう広い、わよね」

廊下を小走りに急ぎながら、マリアは辺りを見回した。

ようやく身支度を済ませ、朝食のために自分の部屋を出たのはつい先ほど。途中で先導のジョアンナが別の侍女に急用だと呼ばれてしまい、一人で行けるから、と歩き出したのだが……。

「迷ったかしら」

方向音痴であることを忘れてやる気を出すとすぐにこれだ。マリアは息をついて立ち止まった。ひらひらしたスカートが少し歩きにくい。

先日までの汚れた聖女衣を脱ぎ捨て、いまは淡いベージュの麻と絹のドレスを着ている。なんとなく普通のドレスが気恥ずかしくて同じ白系統のものを選んでしまったが、機能優先の聖女衣とは大違い。歩くたびにフワフワして落ち着かない。

目の前にあるのは図書室だろうか。確か朝食を食べるためのサンルームはその裏手だったはず。中を突っ切っていった方が近道になるかもしれない。

高い書架の並ぶ室内はとても静かだ。王宮内だけあって充実した図書室で、どこまでも続く書架の列には大小様々な書籍がぎっしりと並んでいる。どれもこれも難しそう。

そういえば聖女になったばかりの頃は魔法の勉強のために死ぬほど本を読まされたっけ。泣きながら魔法作用学や治癒理論の本を読まされ、レポートを書かされて。

肩に乗せたユールが、ピッ！　と促すように鳴く。ユズキが召喚しただけあってなかなかしっかり者のようだ。

「お前、本当にユズキ様に似ているわね。お目付役みたい。さて、出口は、と」

ふと見れば壁際の棚にひっそりと、見慣れた背表紙が並んでいる。あれはもしかして私が好きな恋愛少女小説では⁉

近寄ってみるとやはりそうで、マリアは驚いた気持ちで書架を眺めた。上から下までぎっしり、複数の書架に渡って置かれている。ダルバート王都の大きな書店でさえこの半分くらいの量だった。よほど好きな人が王宮内にいるのか。

「何をしている！」

鋭い声にびくんと顔を上げると、ヴィクトルが立っていた。

クセのある黒髪と紫の瞳は昨日と同じ。ただフロックコートは昨日よりも軽めの、明るい灰色のものを身につけていた。朝だというのにタイピンやカフスまでしっかりと整えている。

「あ、すみません、実は道に迷ってしまって……」

「迷う？　王宮で？」

「ええ、かなりの方向音痴でして」

えへへ、と誤魔化すように笑ってからマリアは微笑んだ。

「でもヴィクトル様と出会えて良かったです。まだ場所が分からなかったので」

ヴィクトルは驚いたような顔をしたが、すぐに眉を顰《ひそ》めて険しい顔になった。昨日のやつだ。

それからふと書架を見て彼は愕然とする。

「こ、これを見ていたのか」

「ええ、私も好きな小説ジャンルなので。王宮にもこういうのを読む方がいらっしゃるんですねえ」

「ああ、そうだな……いるようだな……」

マリアの言葉にヴィクトルはぴくりと眉を動かした。あれっ？　彼の顔が赤い……？

「……また迷われては遅くなる」

小さく言いながら、再びマリアのことを抱き上げようとする。ひゃあ、と叫んでマリアは飛びすさった。

「け、結構です！」

「え、遠慮するな……！」

じりじりと距離をおいて睨み合う二人。まるで相撲の取り組みのようだ。

「なぜ私の言うことを聞かない!?　ここでは私が王……大公なのだぞ!?」

マリアはびくりと肩を震わせた。ヴィクトルのような背の高い男性に大声で言われると、かなりの迫力があり、正直ちょっと怖い。

だがジョアンナから聞いていた言葉が蘇った。魔王となるべく厳しく育てられてしまったから、いままさに普通の人間らしい作法を勉強中だと。

だったら思い切って助言してあげるのも個人秘書の職務の内ではないだろうか。

「あ、あの！　そんな風に大きな声で言ったら、逆に恐くなってしまいます！」

振り絞ったマリアの声に、ヴィクトルは目を丸くして動きを止める。ふう、と息を吐いてマリアは姿勢を正した。

「なさりたいことがある、というのは分かりますが、言葉を使って相手と対話しなければダメだと思います。私もそうしてお話ししていただきたいですし」

「対話……」

ヴィクトルは噛みしめるように言った。うん、とマリアは頷く。そうだ。

「代わりと言ってはなんですが、腕を組みませんか!?」

「腕を？」

ヴィクトルは目を丸くした。

「そうです、この世界では知人程度の男女間では腕を組み、歩くのが一般的です。そこから始めませんか？」

彼は、ふむ、と顎を軽くつまんだ。

「……分かった。聖女の言うとおりにしてみよう」

「ありがとうございます！」

ヴィクトルがぎこちない動きで腕を出す。マリアはそっと、その逞しい腕に自分の腕を絡ませた。上質な布地と、布越しの筋肉に触れると少しドキドキする。

「で、では、行くぞ」

ギクシャクと、ぎこちなく歩き出す姿につられてマリアも歩き出す。二人とも慣れない同士、きっとジョアンナが見たら笑っただろう。

そのまま図書室を抜けると、やはりすぐ裏手がサンルームだった。室内の侍女たちが、マリアとヴィクトルの姿に声を上げる。

ヴィクトルは少し困ったような顔でマリアを見た。

「この後はどうしたらいい？」

「ええと、男性が女性を席までエスコートします。それから手を離してそれぞれの席へ」

分かった、と頷くと、彼は神妙な表情のまま、室内を進んでいった。

サンルームは朝の光で明るかった。ガラス張りの天井の下には長いテーブルが置かれ、美しく配置された食器が輝いている。

「マリア様、申し訳ありません！」

とてとてと可愛い足取りでジョアンナが走ってきた。

「私が急用なんか聞かなければこんなことには！　本当にすみません！」

「いえ、私が極端に方向音痴なだけだから、気にしないで。あなたのせいじゃないわ！」

「マ、マリア様……」

ジョアンナが眼を潤ませたところで、さあさあ、と年配の侍女が優しく声を掛けてくれた。

「マリア様はどうぞお席にお着きください。お支度は調っておりますから」

ぎこちない、それでも真剣な仕草でマリアを席までエスコートしたヴィクトルは、そっと身を屈めてマリアの手を取り、指先にキスをした。

それから上目遣いにこちらを見る。

「……この挨拶は、受け入れられるだろうか」

「え、ええ。とても礼節に沿っているかと思います」

「そうか」

ヴィクトルは満足げに自分の席へ歩いて行く。マリアは呼吸を整えるのがやっとだ。美形の上目遣いは朝から破壊力が大きすぎる。

「まずは焼きたてのパンやマフィンはいかがですか？」

後ろからやってきた侍女がカゴにいっぱいのパンを見せてくれる。定番の白パンにクロワッサン、レーズンの巻き込まれたロールパンに見たこともないような実が交ざり込んだパンもある。マフィンも数種類あり、チョコやオレンジなど見た目も鮮やかだ。

「じゃあこのマフィンと、クロワッサンを」

パンの係が皿へ置いたらすぐさま冷たいシャルキュトリ、温かいスープ、その他様々な係がやってくるのであっという間にマリアの皿はいっぱいになってしまった。

「わあ、お腹ペコペコです。いただきます！」

手を合わせて食べ始めるとどれも美味しい。クロワッサンはサクサク、ハムもサラダも丁寧に作られていて味がいい。スープはツノジャガイモのポタージュだそうで、滑らかな舌触りと塩気でいくらでも飲めそうだった。

考えてみれば昨日は昼から何も食べていない。どれもこれも美味しくてすぐにお代わりをしたくなる。

「いただきます、というのは、異世界の挨拶だったか……食事を作ってくれた人、そして食材たちに感謝を捧げるのだと」

ぼそりとヴィクトルの零した言葉にマリアは顔を上げた。

「そうです、よくご存じで」

ヴィクトルは何か言いかけたが、ふっと表情を変えて微笑した。

「いい言葉だと思って、覚えておいた」

マリアは思わず彼の顔に釘付けになった。そんな表情もするんだ。暗い雲間から光が差すように思えて、胸がキュンとする。

おまけにヴィクトルの食べる姿は本当に綺麗なのだ。スッと背筋を伸ばし、丁寧にフォークで口に運んでいく。いまは表情も落ち着いているからただの見事な美青年、目の保養以外の何物でもない。ほうっと感嘆のため息が漏れる。

この異世界が乙女恋愛ゲームの世界だったらなあ、と少しだけマリアは思った。そうしたら恋愛展開があったかも？　いや、さすがに夢を見すぎかな。

「そういえば王宮治癒官と個人秘書を拝命しましたが……どのようなお仕事になりますか？　今日からですよね？」

頭の中の自分の考えを打ち消すように、マリアはわざと明るく言った。

ヴィクトルが丁寧に口を拭いてから視線を送ってくる。

「王宮治癒官としては王宮内の治癒院に勤めてもらおうかと思っている。以前から一般市民にも王宮治癒院を開放しているのだが、人手が足りないと院長が言っていたのでな」

だが、と彼はナプキンを置きながら息をついた。

「それはまた明日にでも。今日はこの後、市街地に視察に行くことになっているから、そちらに同行してもらいたい」

「視察、ですか」

「星祭りが近付いているのだ」

星祭り。それはダルメリアの祝祭で、死者を弔《とむら》い夏を迎えるための天空の祭りだ。街の中を木の舞台や布、ガラスで飾り付け、三日間ほど夜通し騒いで季節の移ろいを楽しむ。

「もともとブラッドブレードは魔族の国。住民の九割以上は魔族だったが、ダルバートへの併合に伴って多くの人間が移植し、その際に祭りも移植した。だが基本が小さな国だけに、他民族化を推し進めても、なかなかうまくいかない面もある」

「昨日、馬車から見た限りでは、みな仲良く暮らしているように見えましたが……」

「表面上はな。たった三年では内面や意識まで融和するのは難しい」

ヴィクトルがカップを置き、手を組み合わせる。

「融和政策のうちの一つがダルバートでも行われている星祭りの実施なのだが、その準備で難儀しているようでな。視察がてら仲介してほしいと商工会から依頼があった」

実は似た話をマリアもダルバート王都ダルメリアで耳にしたことがあった。併合した魔族の国は辺境諸公国と呼ばれ、ブラッドブレード以外にもいくつもあるが、どこも多民族化には苦労しているようだった。

「祭りの準備を巡って人間と魔族とが対立してしまっているのだが、私よりもお前がいたほうが空気が和らぐかもしれない」

「私が？　なぜ」

「分け隔て無く治癒を与える聖女はどの種族にとっても癒やしなのだ。特に召喚した聖女はそれ自体が『この世界に属さない』イメージを持つため、対立民族にも受け入れられやすい。特にこの国で多くを癒やしたお前なら森の精霊達とも馴染みがいいし、ジョアンナのように恩を覚えている者もいるだろう……」

ふうっと息を吐き出し、こちらを見る。眼差しが心なしか優しいように思えるのは、朝の光のせいだろうか。マリアはドキドキしながら明るく頷いた。

「やったことはないけれど、お役に立てれば光栄です！」

「期待している」

ヴィクトルにそう言われればなおやる気が出る。よし、新天地でのお仕事がんばるぞ！

マリアは笑顔で胸を叩いた。

明るい午前の街は人で混み合っていた。

馬車から降りたヴィクトルは再びマリアを抱き上げようとし、だがすぐに自分で行動を律したようだ。咳払いと共に距離を取る姿にマリアは感心した。なるほど、勉強家であり努力家なのは本当のようだった。

馬車からはとてものどかに見えた街の中だが、中央西広場……通称『星祭りの広場』に着くと険悪な雰囲気が漂っていた。

「ブラッドブレード大公のご到着です！」

先を歩くマルクスが来訪を告げ、集まっていた大人達が大きくざわめく。およそ三十人ほどの半分がダークエルフとコボルトで、半分は人間のようだ。ヴィクトルが近付くと皆が辺境式の敬礼をした。

ダークエルフの男性が一人、前に出て最敬礼をする。

「ヴィクトル様、お待ちしておりました。委員長のベンディクスです」

「今日は何を騒いでいる？　私に仲介を願いたいと商工会議所から聞いていたが」

「それが……先日の準備で人間の実行委員が精霊樹を何本か伐ってしまって。そのことで我ら魔族側の人員と諍《いさか》いが生じていて」

ダークエルフの男性がヴィクトルに言うと、今度は人間の男が食ってかかった。

「だけどよ、エルフの奴らによれば、森の中は精霊樹だらけでどの木も伐らせねえって。元々星祭りは地元の木で祭壇を組むんだろうよ!?」

「ブラウン、そうは言ってない！　人間たちが勝手に伐るのが怒りを買うのだと……！」

「そう言ってアンタたち魔族は森の仕事を独占したがる。そしたらまた俺たちの出番がなくなるだろうよ！」

「人間風情がえらそうに！」

「こら、そのへんでやめないか。大公の御前であるぞ」

マルクスがしっかりした声で言うと、人々がびくんと肩を震わせた。

マリアはぐるりと広場の中を眺めた。石畳と噴水、階段もある綺麗な広場だ。一段高くなった奥には確かに丸太が数本、枝付きのままで転がされていた。伐ったばかりなのだろう、うっすらとまだ樹木精霊の気配が漂っている。

「あの、もし良かったら……その木々の声を聞かせてもらえませんか」

声を掛けるとエルフたちは目を丸くした。

「聖女様か？　見たことのない顔だが……」

マリアの格好はお決まりの聖女衣ではないが、真っ白なドレスに百合の花飾り、いつもの聖杖を持ってユールを肩に乗せているから人々もすぐに分かったようだ。

おまけに、一人の男性が、あっと声を上げた。

「あなたはもしかして、戦後に王宮にいた魔獣専門の聖女さまじゃないですか!?」

「ま、魔獣専門ではないけれど……確かに、魔獣たちにもいろいろな治癒の術を行いましたよ」

「ああ、やっぱり！」

男性は嬉しそうな顔で駆け寄り、マリアの手を握った。

「ずっとお礼が言いたかったんです！　うちは王都の東でブラッドエミューの農場をしてるんですが、戦争で怪我したエミューがなかなか治癒にかかれなくて。そのとき、あなたが来てくださって二匹とも治してくれて！　本当にありがとうございました！」

「それが聖女の役目ですから、お役に立てたようで何よりです」

その一言で場の空気が変わったように感じた。話をまとめるならいまだ。マリアは杖を両手に持ち、厳かに周囲を見回す。

「私は召喚聖女です。この地に生きるすべてを癒やすよう異世界より召喚された者。私の前では魔族も人間も、植物さえも関係ありません。みなでいっしょに森の声を聞いてみましょう」

「ですが、森の意思は……」

ベンディクスはわずかに視線を落とした。エルフ族はもともと森に住む者が多く、木々の精霊にも近い存在だ。聖女の『人外疎通』ほどはっきりした疎通ではないが、精霊たちの感情や意思を感じ取るのだという。だからこそ、心配も募るのだろう。

「森を大事にするお気持ちは分かります。でも森は私たちよりも共存の気持ちが強い。自分たちのことで人や魔族が諍いを起こすのをよしとしないはずです。まずは確かな言葉を聞いてみてはいかがでしょう？　お手伝いいたしますので」

マリアが優しく言うと、ベンディクスは静かに頷き、引き下がった。

ヴィクトルが静かな目でこちらを見る。

「大丈夫か？」

「三級ですが聖女ですからね、お任せください」

これが人間相手の治癒だったら自信はなかったけれど、森の声を聞き癒やすことなら幾度もやったことがある。それに傷ついているなら早く言葉を聞いて希望を叶えたい。姿形は違っても、心の問題なら人間も魔族も木々も変わらないからだ。

マリアは積まれた木材の前に立ち、聖杖をかざした。

「すべての言葉よ光となれ、人外疎通！」

転生するときに授かる聖女の力は三つ。治癒の力、清めの力、そして祈りの力だ。マリアの持つ『人外疎通』はその中でも祈りに属し、他の存在へ祈りを捧げることによって向こうからも祈りを返してもらい、通話を成り立たせる。

小さな光が積まれた丸太に吸い込まれる。途端に声が聞こえ始めた。マリアは目を閉じて微かな声に集中する。

「木に宿った精霊は、怒っていない、と言ってますね。むしろ、自分たちを伐るときも人間と魔族が仲良くしていなかったのが悲しいと」

ざわめきが人々の間を伝わる。

「他にも必要であれば伐っていいと言っています。こちらの人々はきちんと儀式を行ってくれたし、すでに許可していると」

「で、でも、あのときは森の精霊が『伐採に怒っている』との心を伝えてきて……」

そこですかさず、木々の中から声が上がった。違う、違うと。マリアはその波長に心を合わせる。

「ああ、そのとおり……男たちが、夜中に勝手に木を伐ったのだ、と」

「えっ」

人々は眉を吊り上げて顔を見合わせた。

「やはり人間たちが勝手に……」

「違う、夜に森に入ると言うならエルフが！」

再び言い合いになりそうな場面をヴィクトルが手で制した。

「憶測でモノを言うのは混乱の元だ。まずは聖女に聞け」

冷静で強い声には威厳がある。皆が黙ったのを見計らって、マリアは再び丸太に杖をかざした。もっと詳しく、その男たちの外見を……。

「ええと。勝手に伐ったのはエルフでも人間でもない。コボルト？　いや、もっと浅黒い肌で、耳の先が二つに割れた……」

「山ゴブリンだ！」

チッと舌打ちするようにベンディクスが叫ぶ。

「この国にはほとんど山ゴブリンは住んでいません。西の森は国境を越えて彼らの住む別の魔族の国へ繋がっていますから、こちらへ越境し、盗伐していくことも多いんです」

なるほど、とマリアは息をついた。同時に木々の光も薄れ、消えていく。

「たぶん、怒りを伝えた森の精霊は山ゴブリンの盗伐を言いたかったのでしょう。それが間違って伝わったと。今回の件に関しては、皆様が争うことで森も悲しんでいます。どうか、お互いに尊重と自愛を持ってくださいませんか」

マリアが丁寧に伝えると、人間もエルフも気まずそうに互いを見た。

腕組みをして見ていたヴィクトルが頷く。

「正しい情報が得られたのならそれを元に次の行動を取ればいい。まずは……双方共に謝罪をせよ。種族は違えど、もはやこの国で生きる同じ国民なのだから。聖女、祝福を与えてくれるか」

ヴィクトルの静かな声に、人間も、ダークエルフの男性もお互いの方を向き合った。マリアが頷く。

「さあ、では手を出して、握手をしてください。……多くの魂、その集いに、光神の加護のあらんことを！」

一瞬、握った手の上に不思議な羽の紋章が浮かび上がる。光神の加護の印に、二人は大きな息を吐いた。

「守護はあなた方を護ります。同時に、あなた方も平和に暮らす義務がある。これを怠った場所には幸せは訪れません」

マリアの声に、エルフのベンディクスが目を落とす。人間のブラウンもまた、おずおずと表情を改めた。

「わ、悪かったな、勝手にお前たちを疑って……」

「まあいいってことよ。俺たちもついカッとなって、悪かった」

マリアは二人の言葉に笑顔を浮かべた。

「街と森、お祭りを思う気持ちはどちらも同じです。今日のことを忘れなければ、きっとこの後の星祭りも上手くいくでしょう。どうかお互い譲り合い、精霊に配慮してがんばってください！」

「聖女さま、ありがとうございます。本当にその通りで……お恥ずかしい」

二人はそれぞれ笑顔になる。マリアも笑顔で頷いたが、あ、と声を上げてブラウンの腕を取った。

「腕のここ、怪我をなさってますね。いま治癒しますから。清らの光よ傷を癒やせよ、聖光治癒！」

聖なる杖を掲げ、治癒の言葉を唱える。光が溢れて小さな傷はあっという間に塞がれた。

「あ、ありがとう……聖女様ってすごいなあ」

「ふふ、お役にたてて幸いです」

標準的な能力を披露しただけだが、そうして褒められると少し嬉しい。

そうだ、とベンディクスが笑顔になった。

「聖女様も、祭りの実行委員として加わっていただけませんか。森の精霊様がまた何か言いたいこともあるかもしれないし」

「祭りが始まってまだ三年、私たちも手探りなので、少しでも仲間と人手がほしいんです。聖女様がいれば、他の女性たちも安心して加わってくれるかも」

「実行委員ですか。それは楽しそうですね。ですが」

マリアは考え込んだ。お願いされると助けてあげたくなるのはいつも通りだが、この土地のみんなの役に立ちたい気持ちも強い。友人も知人もほとんどいない場所だし、これを機に知り合いを作っておくのもいいかも。

しかしいまの自分は王宮治癒官兼個人秘書として雇われている身だ。

「ヴィクトル様、いかがでしょうか……」

見上げると、ヴィクトルは険しい表情で腕組みをしてこちらを眺めている。

「お前に人間と魔族の間の仲介役を期待したのは私だが……お前がやりたい、というのであればやればいい」

「そうですね、お祭りの楽しい雰囲気は昔から好きなので！」

ヴィクトルは大きな息をついて表情を和らげた。

「お前の主な仕事は王宮治癒官と……私の秘書だ。くれぐれも無理はしないように」

「ありがとうございます！」

にっこりと笑うマリアに人々の歓声が起こる。昔から友達とワイワイやるのが好きだったからちょっと楽しみだ。

「詳しい話はまた後にしろ。この後は商工会議所の会頭たちに今年の商取引高のことで話を聞かねばならん。その際にお前も紹介する」

「は、はい」

にしても、とヴィクトルは考え込む。

「……盗伐か」

先行するマルクスと護衛隊に続いてヴィクトルが歩き出す。マリアは皆に一礼してからその後に付いていった。広場のすぐ側、石造りの三階建ての建物がどうやら商工会議所らしい。

ふと、ヴィクトルが腕を差し出す。

マリアは首を傾げたが、あ、と声を上げ、急いで手を絡めた。なるほど、今朝のことを覚えていたのか。

「……すまない。手間をかけた」

ぼそりとヴィクトルが言う。マリアはびっくりして彼の顔を見上げた。

「いえ、聖女の仕事の範疇《はんちゅう》ですから、構わないのですが……先ほどのような、魔族と人間の諍いはよくあるんですか？」

「最近では減ってきているが、それでもまだ完全になくせた訳ではない。人も、魔族も、急に変われはしない……。徐々に変わっていけばいいと私は思っている」

彼の声は落ち着いて穏やかだ。表情も眼差しも深く、為政者らしい堅実な雰囲気を纏っている。昨日の無口で恐い印象、さらには朝の純情な印象とはまるで違う。マリアは彼の別な面を見たような気がした。

ブラッドブレードの石畳は街路樹が植えられている。木漏れ日は明るく、風に揺れてマリアたちの上をチラチラと彩った。こんなところを二人で、腕を絡めて歩いているとなんだかウキウキ嬉しくなってしまう。

「どこかへお出かけしたいところですね！」

「お出かけ、とは」

「ピクニックとか、遠足とか、小旅行とか」

「ぴくにっく……小旅行……？」

考え込むヴィクトルにマリアはハッとした。

もしかして、知らないのかも。

「あの、でも旅行くらいは……」

「……概念は知っている。だが、執務に必要な外出以外は、行ったことがない」

静かに言う声には感情があまりなかった。

ヴィクトルは次期魔王として育てられたから『人間らしい作法』を勉強中なのだという。

しかし旅行にも行ったことがないなんて、作法の問題ではないのでは？　この調子だと、他の娯楽や楽しみ、癒やしも知らないのかも。

なんと声を掛けていいのか、言葉を選んでいたとき。

「あ、あの」

小さな声を掛けられてマリアは振り向いた。

見れば、杖をつき片目を布で覆った少年と、それを支える少女がこちらを見つめていた。

少年は人間、そして少女はダークエルフのようだった。二人とも意を決したような顔をしている。さっきの広場でも確か大人の後ろに佇んでいたっけ。

「誰だお前は。ブラッドブレード大公は査察中であるぞ。気軽に……」

護衛が制止するのを、ヴィクトルは手を上げて止めさせた。

「何用だ？」

「いえ、あの、そちらにいらっしゃるのは……聖女様、ですよね」

少年の言葉にマリアは頷いた。

「そうですが、あなたは」

「僕はライナス・エズモンドと言います！　エズモンド商会のオライオ・エズモンドの息子です。聖女様にお願いがあって……この目、治癒の魔法で治りませんか？」

少年は片目だけでまっすぐにマリアを見つめた。

「僕の目、生まれてすぐの事故で見えなくなっていて。聖女様には治癒と清めの力があるんですよね、僕の目も治してもらえませんか!?」

マリアは苦しい思いで少年を眺めた。身ぎれいな格好をしているし、商人の子だと言っていたから中流階級以上の子弟なのだろう。その身分ならば街の治癒院で聖女に見てもらったことも何度もあるはずだ。

「いままでも聖女に掛かったことはあるの?」

「ええもちろん、何度も。遠方まで出向いたこともあります。ただ、どの聖女も力が弱いから治せないんだとお父様が。でもあなたなら王都からきた聖女だから、きっと」

マリアはぎゅっと杖を握りしめた。これまでどれほどこのような会話を繰り返してきたことだろう。聖女という存在にとっては辛い瞬間だ。

「聖女の力は万能ではないの。生物の新しい怪我を治したり、体力を底上げしたりはできるけれど、残念ながらそれが効かない病や後遺症、呪いもあるのよ。特に、手遅れになった怪我や病気は私たちでも治すのは難しい。時間だけは巻き戻せないから……」

少年は予想していたようにため息をついた。

「やっぱりそれは変わらないんですね」

「ごめんなさい」

少年はしばらく潤んだ目でマリアを見ていたが、そうですか、と答えて頭を垂れた。泣きそうな顔をしている。

だがそこでぽつりと呟いたのは、エルフの少女だった。

「……私は、諦めない」

少女は軽くお辞儀をすると、少年を促して通りの奥へ引っ張っていった。

マリアは何も言えずに二人の姿を見送った。さっきの嬉しさが急激に薄れ、昨日までの無力感が戻ってくる。聖なる治癒の力とはいえ治せないものはある。それは当然なのだけれど、どうしても自分の能力不足に思えて仕方がない。

ヴィクトルはそんなマリアをじっと見ていたが、やがて大きく息を吐いた。

「自分のいる場所で、持てる能力の最善を尽くしたのなら、悔いることはない」

彼の言葉にマリアは顔を上げる。ヴィクトルの紫の目がマリアの視線を柔らかく受け止めた。

「昔、エイダに言われた言葉だ」

「エイダ?」

「私の最も愛した人だ」

最も愛した人。その言葉に胸がわずかにチリッとして、マリアは驚きながら気持ちを打ち消した。いや、別に動揺するところではないはず。

ヴィクトルがわずかに眼を細める。

「私も、あの子供と似たようなものだったのだ……父上が、先代の魔王が計画的に産ませた子だ。母上も父上も力の大きな魔族だったから、生まれつき魔力だけは強大だった。だが何の因果か身体が弱かった。産後すぐに母上も亡くなっているから、そういう体質だったのかもしれない」

ふうっと吐き出す息が冷たく見えたのは錯覚だろうか。低い声には痛切さが漂っている。

「父上は私の体質を変える薬や毒、魔術をかけ続け、帝王学を課した。魔王となるべき教育を与え、恐怖の中で養育した」

だが、と彼は苦しげに首を振った。

「頭脳や精神は鍛えられても、どうしても鍛えられない部分もある。さっきの子供と一緒で、治せるものとそうでないものがあるのだ。私の場合も身体は弱いまま、苦しみだけが加わって、憎悪と自暴自棄しか覚えなかった」

マリアはごくりと唾を飲み込んだ。さっきの話と繋がる。子供時代のヴィクトルは娯楽や楽しみを与えられずに教育されたのかもしれない。旅行も、お出かけも、もしかしたら人との気軽な触れ合いさえも……。

だが、と言ってヴィクトルは少しだけ表情を和らげた。

「父上を、自分の生まれ持った素質を呪ったが、そんな私を優しく諭したのは侍女長のエイダだった」

「エイダ様？」

「ああ。私の教育係でもあった彼女は、冷静に言ってくれたのだ。『自分のいる場所で、持てる能力の最善を尽くしたのなら、悔いることはない』と」

「立派な方ですね」

「だから、聖女もそんなに落ち込まなくていい。それに我が国の治癒院で魔法も医学的措置も受けられるのだから、聖女だけに頼らずとも、少しずつでも、根本的解決を模索することはできる」

マリアの言葉にヴィクトルは笑みを向けかけ、慌てて険しい表情を浮かべた。こほん、と咳払いをする。前方に見えてきた石造りの建物には商工会議所のマークが掲げてあり、ヴィクトルはその表情のまま、建物の中へと入っていった。

その後に続きながらマリアはヴィクトルが言った言葉を考えていた。

自分の場所で、できる限りのことをやったのなら、悔いることはない、か。

そんな言葉を掛けてもらったこともなかったし、考えたこともなかった。

前の世界でも聖女庁でも、どこか自分が足りないような気がしていた。いつも誰かに追いつこうと焦って、自分が普通であることに劣等感を持っていた。

でも、もしかしたらここではそんな考えは必要ないのかも……。

ヴィクトルの言葉はマリアの中にじわりと広がり、細かな心の傷を癒やしてくれるようだった。

一方で、あの少年が気がかりでもある。

治せないまでも、何か、治療の方法を調べてみようか。王宮には図書室もあったし、治癒院での勤務を始めたら院長に聞くのもいい。

「聖女、こちらだ」

ヴィクトルの声が聞こえる。マリアは慌てて頭の中の不安を打ち払って彼の後を追いかけた。

その後の視察は何事もなく終わり、だが王宮に戻ってきたのはマリア一人だった。ヴィクトルは農林試験場へ視察があるとかで、マリアだけが別の馬車で帰されたのだ。

王宮に着いてからは用意されていた昼食を取り、午後は王宮の係官にそれぞれの施設の説明を受けた。最初に通された大広間に貴賓室に会議室などなど。

治癒院は一番外側の回廊に面した小離宮を改造して使用しているのだとか。アゼルムスという老院長も第一治癒聖女も人が良さそうでホッとした。二人への挨拶と勤務のための手続き、それに送られてきた荷物の整理などを済ませ、夕食が終わったところでようやくヴィクトルが帰ってきた。

「お帰りなさいませ」

部屋に戻る途中だったマリアとジョアンナが出迎えると、彼は目を細めてこちらを見た。疲れたような顔をしている。

「……聖女はゆっくりと過ごせたか？」

「は、はい」

驚いて彼を見ると、彼はぎこちない手つきでマリアの手を取り上げた。朝食のときよりは少しだけ滑らかな動作で、身を屈めて爪の先にキスをする。

「平穏に過ごせたのならいい」

では、と手を離してそのまま歩いて行く。

仕草や行動は朝と同じだが、背中に疲労の影が色濃く漂っているような気がした。一瞬、声を掛けようかと思ったが、別の侍従に話しかけられ、そのまま向こうへ歩いて行ってしまった。

「ヴィクトル様、お疲れのようでしたね」

部屋に戻ったマリアにジョアンナが言う。マリアはベッドに腰掛けてユールの相手をしながら、そうね、と頷いた。

「そういえばヴィクトル様っていまでも身体が弱いのかしら」

引き出しを整理していたジョアンナが顔を上げる。

「それを誰から？」

「ヴィクトル様本人からよ。今日、歩いているときに雑談で」

「なるほど。私も王宮に勤め始めたのはここ十年くらいですが……前の侍女長などはよくその話をしていましたね。小さい頃から身体が弱くて、寝込んでいると前王様に引きずり出されたと。そんな時代が成人するまで続いたと聞いています」

「そんな……虐待じゃないの」

「前の魔王様はそりゃあ厳しい方だったそうなので。ヴィクトル様は魔族の中でも長命種でいらっしゃるので、成人するまでで……百二十年近くもそれに耐えたのだからご立派ですよ」

「百二十年⁉」

人間と魔族の大きな違い、それは長命種の存在だろう。コボルトなどは人間の二倍、高位種になればなるほど寿命は延びる。竜や幻狼の種族では七百歳以上になるものもいるという。

「長命といってもいいことばかりじゃないですよ。悪い状況も長く続く可能性がありますからね。それこそ身体の弱さも死ぬまでずっと耐えなければなりません」

ふう、と息を吐いてジョアンナは引き出しを閉めた。

「ヴィクトル様は成長して少しは丈夫になられたそうですが、いまだに疲れた日などは骨が痛むとか」

「ということは、今日も」

「それでも戦後のヴィクトル様はみんなに良くしてくださってます。前魔王様の後を継いでからは戦後の復興も非常に手を尽くしてくださって。一番に直したのが王宮ではなく橋と市庁舎、市場でしたからね。それにダルバートと交渉してその命……いや、それはいいでしょう」

とにかく、とジョアンナは咳払いをした。

「ヴィクトル様は不器用でちょっと怖そうですが、優しく繊細な方なのです」

マリアは息をついた。あの戦争のとき、マリアたちの聖女隊は終戦後に入城し、役目を終えたらすぐにダルメリアに帰還した。その後、この国はすんなりと日常生活に戻れたように思っていたのだが、陰にはやはり相応の苦労があったのか。

この平和で穏やかな空気、それを作り上げ、維持するためのヴィクトルの努力。

さらにはマリアと打ち解けようと、いまも別に努力を続けてくれている。

マリアは考え込み、それから明るい表情で顔を上げた。そうだ。いいことを思いついた。

「ジョアンナ、干したアルグマーロウとフルルナツメグ、サイミントの葉はあるかしら」

「たぶん食料庫にありますけど……何に使うんです？」

首を傾げたジョアンナにマリアはふふっと笑いかけた。

「疲れた身体に効く『転生聖女スペシャル治癒』をしてあげようかと思って！」

「へえ、なんだかすごそうですね」

「あとはたらいと洗面器と、タオルね！」

ジョアンナはすぐに食料庫へ行き、やがて指定の材料と、追加でお願いしたタオルと洗面器、大きなたらいを持ってきた。二人でそれを協力して持ち、ヴィクトルの部屋へ。

ノックをすると、ややあって声が返ってくる。

「誰でしょう」

マルクスの声だ。

「マリアです。ヴィクトル様にご用があって」

「……どうぞ、お入りください」

ドアが内側から開かれる。失礼します、と言ってマリアとジョアンナはヴィクトルの部屋に足を踏み入れた。

部屋は広く豪奢だった。上品な灰色をベースにした壁紙に紺色のソファ、家具や調度品はグレイマホガニーだろうか、壁紙よりも濃い色で金色の装飾が施されている。壁のタペストリーは大きく、飾り付けの刺繍も見事なものだ。窓のカーテンにも同じようなビーズ刺繍が施され、まるで星空のように煌めいて見えた。

奥のソファにはヴィクトルが座っており、驚いたようにこちらに視線を向けた。

「何の用だ？」

すでに上着は脱ぎ、ラフなシャツと深紅のカーディガン、足下も革のブーツは脱いで部屋履きになっている。テーブルには紅茶のセットが置かれているし、仕事をしていたわけではなさそうだ。マリアは丁寧に一礼してから手にしていた荷物を床に置いた。

「もうお食事はお済みですか？」

「さきほどな。……その荷物は？」

「聖女の『スペシャル治癒』に使うものですわ。もしもお時間をいただけるなら、特殊な治癒をさせていただきますが……いかがでしょう」

「か、構わないが」

「まあまあ緊張せず、きっと癒やされますから！」

マリアはにっこり笑うと、たらいを床に、洗面器やハーブ類をテーブルの空いたところへ置いた。

「マルクスさん、お湯を持ってきていただけますか？　足を浸せるくらいの適温で、たらいと洗面器に一杯張れるくらいの量を」

「かしこまりました」

「ヴィクトル様は室内履きと靴下を脱いでください」

「あ、ああ」

ぎこちなく靴や靴下を脱ぐヴィクトルを横目に、マリアはドレスの腕を捲り、手早くハーブをほぐして半分を洗面器に、残り半分をたらいに入れる。マルクスが持ってきたお湯をそれぞれに注いでから、持ってきた香油を数滴ずつ入れた。ふわりと、若草のような、花のような、なんともかぐわしい香りが一面に漂う。

ジョアンナが深呼吸をした。

「わあ、いい香り！」

「私が香草足湯と呼んでいるものなの。治癒院でも人気だったのよ」

マリアはたらいの湯加減をみると、さあ、とヴィクトルに笑いかけた。

「ここに足を入れてください」

「足を？」

「そうです、さあ、遠慮無く！」

ヴィクトルの顔にはまだ躊躇《ためら》いの色が浮かんでいる。この世界には足湯やマッサージという概念がないようで、王都の人々も最初は躊躇《ちゅうちょ》していた。でも一度味わえば……。

ヴィクトルは意を決したのか、険しい顔つきに戻ると思い切った様子で足を差し入れた。

マリアはその足に手を添える。

「少し我慢してくださいね、すぐ気持ちよくなりますから」

マリアはそっと、彼の足の形に添うように手を滑らせ、優しく撫でていった。ヴィクトルの足は男性のものだけあって大きいし、なんだか細長い。魔族ゆえの形なのだろうが、人間とは違うのだなと実感させられる。

だが土踏まずなどの基本構造は同じだ。冷えがちなくるぶしからお湯を掛け、足の甲を撫でさすり、柔らかくなってきたところで……ツボをぐいっと。

「清らの光よ傷を癒やせよ、聖光治癒……！」

「っ!?」

指先に力と治癒の術を込めると、ヴィクトルがしっかりした身体をビクンと震わせ、口元を押さえた。

「こ、ここは、刺激が……！」

「ここはツボと言って疲れがたまると硬くなる部分なのです。ゆっくり温めてほぐしてあげれば、全身の疲労も一気にとれてきますから」

「ああ……」

真っ赤な顔を押さえ、困惑したままの表情でヴィクトルが頷く。

「ほら、ここも凝っていますね。ここも」

「う、あっ」

指を滑らせ、強く押すたびにヴィクトルは声を上げる。よほど気持ちがいいのか、それとも刺激に弱いのか。

ヴィクトル様は、なんというか、反応がワンコに近い気がする。

前の世界では家族だけでなく、担当のペットにもマッサージを施したものだった。どんなに気難しい犬猫もこうすると本当に気持ちが良さそうな顔をしていたっけ。

元魔王様なのに、ワンコたちと同じ感覚だなんて可愛い。マリアは思わず心の中で笑顔になった。

柔らかなマッサージとツボ押しを交互に施術していくと、やがてヴィクトルの身体のこわばりも取れてきた。同時に体温が上がってきたのか、頬にほんのりと赤みが差す。もしかしたら冷えていたのかもしれない。

「ではこれも」

今度は洗面器にタオルを浸し、マリアはよく絞ったそれをヴィクトルへと差し出した。

「背もたれに背を預け、顔を上に向けてみてください。そしてこのタオルを目の上へ」

「顔の……？」

「ホットマスクと言います。湯気と香りで目を癒やすものです」

半信半疑といった表情でヴィクトルがタオルを目に当て、上を向く。ああ、と思わず漏れた声にマリアは微笑んだ。こういうときに出るため息ってどの世界でも一緒よね。ヴィクトルが黙っている間に、マリアはさらに足を揉み、ツボを押していく。

「聖女の力で治癒するのもいいのですが、やはり身体は一つの世界であり、仕組みですから、こうして道理に従って癒やしていくのも大事なんですよ。自己治癒能力を高めてくれますし」

この癒やしの真髄が、聖女となったいまではよく理解できる。

香りも湯の温度もそうだが、手で撫でられることの心地よさが一番の理由なのだ。

生き物は皆ぬくもりを求めている。そう言ったのは専門学校の先生だっただろうか。お湯のぬくもり、それに、誰かのぬくもり。独りぼっちではないと添えられた手の優しさが疲れた身体と心に一番効くのだ。

それは世界を超えても一緒のはず。

ようやくお湯の温度が下がってきて、マリアはヴィクトルの足を外に出し、丁寧にタオルで拭いてやった。

「お疲れの方は取れましたか？　いかがでしょう」

ヴィクトルはタオルを目に載せたまま、ああ、と低く答える。気持ちがいいのか、呼吸が深くなっているのを見て安心した。

そろそろタオルも冷えてきているし、換えてあげようかしら。

彼の横に回り込み、マリアが手を伸ばしたとき、ちょうどヴィクトルが身体を起こした。

「あっ」

一瞬、何が起こったのか分からなかった。だが気付いてみればマリアはヴィクトルの胸に飛び込み、バランスを崩した身体を抱き留められていた。

あわわ、やってしまった――！

一気に胸が高鳴り、マリアはごくりと息を呑んだ。布越しに触れている彼の胸板が思っていたよりも厚い。香草の香りと彼自身の香りにクラクラしそうだ。

前の世界では男性と付き合ったことも、こうしたこともある。こちらの世界でも食事に誘われたりもした。でも……そのどれよりもドキドキするのはどうしてだろう。

おまけにヴィクトルは抱き留めた手を緩めないのだ。

マリアを見下ろす紫色の瞳の中には、戸惑いと、他にも様々な感情が含まれているような気がした。

「大丈夫か？」

「あ、あの、すいませんっ」

真っ赤になったマリアの肩をヴィクトルがゆるゆると支え、立たせてくれる……。と思ったら彼の膝の上にすとんと座らされた。

驚いて顔を上げれば、目の前には彫りの深い顔がある。いつも通りの険しい表情と、うねるような黒髪。紫の目は近くで見ると宝石のようにも見えた。一部が藍色で、美しくて、キラキラして。じっと見据えられると吸い込まれそうで。

いや、事実、少しだけ顔が近付いて。

ふっと鼻先に薫ったのは、どこかで嗅いだような、懐かしい花の香り。

「……すまない」

ヴィクトルが謝り、マリアの身体を静かに自分から離した。ぼんやりとしたままマリアは立ち上がり、またふらりとよろけてしまった。

「おっとっと」

今度はジョアンナが脇から支えてくれる。

ようやく我に返り、マリアは慌てて周囲を見回した。

「あ、ご、ごめんなさい、ちょっとバランスが」

「いえいえ、大丈夫ですか？」

ジョアンナがニヤリと笑ったような気がしたのだが、気のせいだろうか。

ヴィクトルは一瞬、マリアに目を向けたが、すぐに目を閉じて息をついた。

「確かに疲れは取れたかもしれない。不思議な気持ちだ……温かくて、軽くて」

「そっ、そうなんですよ！　足湯とマッサージ、ホットマスクの組み合わせが最高なんですよね！」

取り繕うように言って、マリアはタオルを拾い上げた。胸のドキドキはまだ収まっていない。声を出していないとそれを意識しそうで怖い。

「いつもの聖女の治癒魔法とは違う方法ですが、これもまた癒やしのひとつ。もしもご許可いただけるなら、王宮の施術室で他の方にもこれを」

「ダメだ！」

低い声で言われ、マリアはびくりと肩を震わせた。

ヴィクトル自身も驚いた顔をしている。何か考えるように腕組みをしていたが、やがて深く息を吐き出した。

「いや、施術自体は素晴らしいものだった。だが、聖女が他の者にこれを……」

そこまで言いかけて、ふと首を振り、立ち上がる。

「……聖女の気遣いに感謝する。今日はもう遅い、お前も休むといい。マルクス、後片付けを」

「かしこまりました」

マルクスがジョアンナに目配せし、ジョアンナはマリアの服の裾をくいと引っ張った。

「マリア様、お疲れ様でした！　あとはマルクス様たちに任せて、部屋に戻りましょう」

「え、ええ」

半ば呆然と頷いたマリアに、ヴィクトルから声が掛かる。

「……ありがとう。とても……癒やされた」

はい、と答え、軽く退出のお辞儀をしたが、なんだか心が浮ついたままだ。

ジョアンナと退出し、部屋に戻るなりため息が漏れた。

「ヴィクトル様に余計なことをしてしまったかしら」

「えっ⁉」

「いや、なんとなく落ち着かない様子でいらっしゃったし」

「あ、そういう……」

ジョアンナが笑いをこらえるようにうんうんと頷いた。

「落ち着かない様子でしたが、マリア様のあの凄い技は確かにヴィクトル様のお疲れを癒やしたと思いますよ」

「そうだといいんだけど」

ベッドに腰掛けるとユールが肩に乗ってくる。マリアはその鼻先を指で撫でた。

「私、前の世界でもこの世界でもあまり自分に自信がなくて。いつも平凡だし、抜きん出て優秀な部分もないし」

「聖女様にもそういうお悩みがあるんですねえ」

ジョアンナは寝着を出しながらしみじみと言った。

「まあ分かります。私なんか七人兄弟の真ん中だから、そりゃあ個性がなくて」

「えっ？　でもすごくしっかりしてるし、明るいし、面白いし……十分に個性的だと思うけど」

「ありがとうございます！　個人的な悩みなんて他の人から見ればそんなものですよね」

ふうっと息をついたジョアンナは優しい笑顔になった。

「でも能力的にも抜群というわけではないし、若い頃は本当に未熟でしてね。この王宮に勤めるようになってもよく怒られていました。でもある人に教えてもらったんです。『自分のいる場所で、持てる能力の最善を尽くしたのなら、悔いることはない』って」

昼間、ヴィクトルが言っていたのと同じ言葉だ。

「もしかして、エイダ、という方かしら」

「おや、よくご存じですね。ヴィクトル様がお話しになったのかな？」

ふうっと息を吐いてジョアンナは遠くを見た。

「エイダ様はそのとき侍女長でしたね。とても優しくて、美しくて。新米の私のような者まできちんと面倒を見てくださって」

「そうだったの。立派な方だったのね」

「ええ。ヴィクトル様もお世話になっていましたよ。教育係でしたから」

「ヴィクトル様の……」

マリアはベッドに腰掛けたまま、じっと自分の手に視線を落とした。

先ほどから続いていた動悸はようやく収まったけれど、触れ合った感覚はまだ、濃厚に残っているような気がする。

もたれかかったヴィクトルの胸。眼差し。息づかい。

怪我や病気の人が居るなら治癒してあげたい。疲れているなら癒やしてあげたい。それは聖女でなくても当然の優しさだし、これまで老若男女、動物から植物まで、数え切れないほどしてきたことだ。

いま、一人の男性に同じことをしただけなのに……。

理屈ではそう分かっているのに、なぜか心のざわめきが消えてくれない。

「どうしました、マリア様？　お疲れの様子ですね」

「そ、そんなことないわ」

ジョアンナに言われて、マリアは慌てて笑顔を作った。

だがジョアンナがその頬をむに、とつまむ。

「無理は禁物ですよ！　今日一日本当にお疲れ様でした。いまお茶をお持ちしますが、今日は甘めの香りのコーラルピーチでいかがですか？」

「いただくわ」

ジョアンナが行ってしまってから、ユールが心配そうに、ピイ、と鳴く。

「大丈夫よ、久しぶりにかっこいい男性に触れたから、ちょっとドキドキするだけ」

確かに今日は朝から出かけていたし、ジョアンナの言うとおり疲れているのかもしれない。

「よし、そういうときは好きなコトをするに限る！」

マリアは持ってきたトランクを開けると、手持ちで入れてきた数冊の本を取り出した。

ドレスを着た姫君や王女と、かっこいい王子様の表紙絵。前の世界とはちょっと絵のタッチが違うけど、やはりどこの世界でもこういった物語を好きな人々がいることに安心する。

そういえば王宮図書室にも沢山の少女向け恋愛小説が置かれていたっけ。

もしかして借りることが出来るのかしら。あとでヴィクトル様に聞いてみようかな。

マリアはベッドに寝転がると、心を無理矢理落ち着けるように続きから読み始めた。


それから十日間ほど、マリアは忙しい日々を過ごした。

最初に王宮治癒院へと入った日、マリアはマルクスから衝撃的な事実を知らされていた。

「実はそもそも王族、という方がヴィクトル様しかおられないのです」

「えっ」

「前王の粛正が激しく、御子もヴィクトル様お一人しか居られませんでしたから」

王宮治癒院とはその名の通り王宮内に開かれた治癒院だ。多くの国では王族専門の病院のような役割を果たしており、ダルバートのような大国では数十人単位で王族や貴族の治療を請け負っていた。

「その代わり、ブラッドブレードの治癒院は市民に開かれておりまして、人間でも魔物でも、難しい病気の時は掛かることができます」

医院長のアゼルムス老医師も、第一治癒聖女のマリーメイもとてもいい人で、二人とも二年前にダルメリアから赴任してきた人間だという。王宮治癒院というから緊張していたけれど、いままで勤めていた場所とあまり変わらず、むしろ仕事内容も患者たちの気質も格段に緩やかだ。マリアはようやく安堵した。

のどかなブラッドブレードに来てみれば、ダルメリアの聖女庁は確かにブラック組織だったと思い知らされる。人間相手の治癒院ならまだしも、農業や畜産系の仕事に回された場合は早朝五刻起きだし、お産があれば夜中まで手伝ったことも。同じ系統の担当者の中には身体を壊して引退する聖女も少なくなかった。

だが特級や一級の聖女はそれをくぐり抜け、かつ、能力が高い人たちばかりで構成されていた。ユズキなどは前職が看護師だったからか、深夜も早朝も構わず働いていたっけ。

マリアが敵わないのも道理だ。

それに、勇者王国特有の定期的な戦争。

いまはまだ凪《なぎ》の期間だが、神官たちが次のお告げを受け取ればきっとまた戦が始まる。召喚儀式が盛んに行われ、聖女も騎士たちも駆り出される。

喧噪の中にいたときはがむしゃらに対応したが、いま落ち着いて考えてみれば永遠に続く戦争なんてどこかおかしい。こうしてブラッドブレードののどかさを味わってしまうと、もうその中には戻れない気がした。

ユズキの言葉を思い出す。

——だからこそ、このへんで自分の境遇を考え直すべきじゃないかと思う。自分の能力と、人生の質の向上のためにも。

ユズキはマリアのために、ヴィクトルと調整してくれたのかもしれない。

実際、この国のすべてがマリアに合っている気がする。

勇魔戦争が早くに終結してよかった。神が定めた種族を統合するための方法、だなんて言っているけれど、戦争は戦争だ。そんなものなくても、話し合えば違う種族でも仲良くできるのだ。あの星祭り委員会のように。

そう、頑張ればヴィクトルと自分だって……。

「もう少し、ぎこちなさが消えればいいのだけれど」

二日目の夜にあんなことはあったものの、次の日からヴィクトルはまた元通りになった。まだまだ強引な部分はあるけれど、こちらの言葉を聞く素直さは大いに持っている。他愛ないおしゃべりも楽しいし、これでお給料をもらえるなんて本当に天国だ。

けれどあの二日目の夜以来、ヴィクトルは少しだけ、接触を避けている気がする。

手にキスをする、腕を組む、という動作も控えめで、連れ立って歩くときはどこか緊張していようだ。かと思えばじっとこちらを見つめているときもあり、その気持ちがよく分からない。


「べ、別にふれあいを期待しているわけではないのだけれど！」

こちらを覗き込んだユールに言い訳するように、マリアは赤い顔を横に振った。

それからため息をつく。

「少女小説のように、美青年と出会って、すぐに親しくなって……とはいかないものよね」

あの紫の瞳と、倒れ込んだときの感触。

身体を抱かれ、見つめられたときに胸がときめいた感じ。

恋……にまでは届かなかったかもしれないけれど、何かが始まるような気はしたのだが、結局気のせいだったのだろうか。

「本当に、ヴィクトル様は私のこと、どう思って招いたのかしらね」

分からないことを考え続けても答えは出ず、自分の気持ちさえ分からなくなってしまう。

そんなマリアに息抜きを与えてくれたのが、街で引き受けた星祭り準備委員会の仕事だ。

もともとマリアは友達とワイワイやるのが好きだ。午前中は治癒院で過ごし、用事のない午後は毎日のように準備委員会を訪れて徐々に皆と仲良くなった。

星祭りはダルバート全土に伝わる祝祭で、昼にはパレードを、夜には光るものをあちこちに飾って死者を送り、生を祝う。生まれ変わることを表わすためにその年ごとの舞台を広場に建てるから、材木も資材もそれなりに必要になる。

　これまでは人間とエルフが対立しながらも伐り出してきていたが、マリアが来てからは皆で王都に面した森に入り、木々に語りかけることでかなりスムーズに伐り出し作業ができるようになったそうだ。

「それもこれも聖女様のおかげだなあ！　ありがとうございます、聖女マリア様」

「そんなことはありませんよ。……あ、ほら、もういいですよ」

　作業の合間に雑談をしながら、マリアは赤子の足へ紋章を描いてやった。胃腸が活性化され、子供がよく育つという聖印だ。

「いやあ本当に助かります。街の治癒院はあるけど、こういうちょっとしたことだとなかなか、ね」

　若い母親がお辞儀をし、赤子を連れて行く。その姿にふと、あの少年を思い出した。

「あの……ライナス・エズモンドくんという男の子を知っていますか？」

　マリアが尋ねると、ああ、と木工師の男が顔を上げる。

「エズモンド商会の息子さんだな。目が……」

「ええ、ご存じなのですね」

「父親は最初の入植者だからな。商工会議所のリーダーではないけど」

「魔族嫌いなのさ」

向こうで作業をしていたコボルトが憎々しげに言う。

「赤子の頃の純粋な事故なのに、魔族に呪われたって信じてて。仕事のために渋々ここに入植したらしいけど……ライナスの近くにダークエルフの女の子がいたろ？」

「え、ええ」

「子供同士は仲がいいんだけど、親が引き裂こうとしててね。見てて悲しいよ、あれは」

「なんてこと」

人間と魔族。せっかく仲良くなりかけているのに。

「そういえばライナスの親が、彼を王都ダルメリアの寄宿舎に入れようとしていたな」

木材の数量を数えていた男が首を捻った。

「目はそのままで？」

「いや、並行して治療したいって。ただ本人が嫌がっててさ。親が怒る声が毎晩のように聞こえるよ」

マリアは悲しくなった。もっと、もっと聖女の力があれば。そうしたら、少しでも彼の苦しみを和らげてあげることができたかもしれない。

「聖樹の葉でも試してみればいいのに」

そう言った男に、マリアが首を傾げる。

「聖樹？」

「ああ、西の森の奥の方に聖なる魔女の樹、というのがありましてね。その葉を煎じて飲めば様々な病気や怪我も和らぐとか。聖女様とはまた別の、精霊様の治癒力だそうで」

他の男が、バカ、と慌てて言った。

「どこにあるかわからない聖樹なんか当てにするより、きちんと薬を続けて飲んだ方がいいだろうよ。下手に取りに入ったら迷っちまうだろうし」

「まあ、そうだな」

実在する樹ではないのなら、それを頼ることも難しいかもしれない。そんな樹があったらこの街の人々がすでに利用しているだろうし。

マリアはふと、すぐそこの木材に掛けた布が動くのを見た。動物かしら。

そのまま見ていると、そっと出てきたのはあのエルフの少女だ。

だが声を掛ける前に走り去ってしまう。

おそらく、たまたま近くに立っていただけ、なのかもしれないけれど。

「さて、聖女さま、もしもお手空きでしたら、そっちの女子組に交ざって木材に絵の具で色付けをしてくれませんか。手先の器用な人が向いてると思うんで」

「あ、分かりました！」

「マリア様、こっちですよ！　おしゃべりしながら一緒に作業しましょう！」

向こうでは女性の集団がマリアを手招きしている。マリアは少女が気になりつつも、今行くわ、と返事をしてそちらに走り出した。


二日後の夕暮れ。

夕陽が淡く空を染め、人々が帰り支度を始めようかという頃。

マリアは夕食を待ちながらいつものようにジョアンナと寛ぎのひとときを過ごしていた。

「今日は治癒院がなかなか忙しくて。なんでも初夏の気温差で子供の風邪が流行《はや》ってるみたい」

「鼻垂れ小僧が列を成しているのは見ましたよ！　ほんと、マリア様も伝染しないように気をつけないと」

「分かってるわ。アゼルムス院長とお互いに予防の術を掛け合って別れたもの。効果は完璧じゃないけど、掛けないよりはいいでしょう」

「まあマリア様たちの予防術も突破するようなら風邪精霊もたいしたもんですね」

この世界では風邪や病は皆、精霊の仕業ということになっている。体内の精霊が多いか少ないか、大人しいかイタズラしているかで体調が決まるのだと。

元の世界の医学とは根拠が違うが、理屈は東洋医学とほとんど同じなのでわかりやすかった。さしずめ風邪の場合は体内の水の精霊が暴れている、といったところだろうか。

少女小説をぺらりとめくると、そこには狼の絵が描いてある。主人公が狼に襲われるシーンなのだ。

「そういえば……この公都に、狼の魔族っているかしら？」

マリアの質問にジョアンナは眼を瞬かせた。

「狼の魔族？」

「ええ、黒くて、大きくて。実は以前にここで会ったことがあるのだけれど」

あ、と言ってジョアンナは口を押さえた。マリアは目を瞬かせる。

「もしかして、知ってるの？」

「え、いやあ……」

にや、と笑うのはジョアンナが何かを誤魔化すときのクセだ。これはもしかして。

「ねえ、知ってるなら教えて欲しいんだけど」

「あー……でも魔族にも個人の情報を守る規則があるんですよ。本当の名前や姿を明かさないって。どんな姿や名前だったとしても、他人が語るのはタブーですから。人間だって、もし偽名を使っていたら本名を他の人に暴かれたくないでしょう？」

「そ、それはそうかも」

ということは、やっぱりジョアンナは狼のことを知っている！

マリアが考え込んだとき、南の窓が、こんこん、とノックされる。

ジョアンナとマリアは驚いた表情で顔を見合わせた。ここは三階なのに⁉

「だれ？」

ジョアンナが手早く護衛用のナイフを持ち、窓へと鋭い声を掛ける。聞こえてきたのは少女の声だった。

「……ねがいです。どうか、開けて、話を聞いて……」

眉を顰めたジョアンナが一気にカーテンを引き開けると、そこにいたのは耳の長い美しいエルフの少女だった。

「あ、あなたは、ライナスと一緒に居た……！」

マリアの言葉にジョアンナは首を傾げた。

「お知り合いですか？」

「ええ、視察で出会った街の子なの。ひとまず窓を開けてあげて！」

ジョアンナがそれでも用心深く窓を開けると、少女は猫のようにするりと室内に入り込んできた。

立ち上がろうとしたその腕を強く摑み、ジョアンナは彼女の身体を丹念に探る。

「悪いね、こっちもマリア様をお守りしなくちゃならないから。……ああ、危ないものは持っていないようです。で、お嬢さんはどうしてこんなところから？」

エルフの少女はしょんぼりしたように俯いた。

「正面から入れてもらおうとしたのですが、門番さんに阻まれてしまいました。もう夕方ですし、紹介状がないとダメだと言われて」

「だからって窓からなんて危ないでしょ。そもそもなぜマリア様に会いに来たの？」

「お願いがあるんです」

思い詰めたような緑の瞳で彼女はこちらを見つめた。

「私、ルーネ・フェストレムと言って、ブラドゥーンの街に住むエルフです。聖女様にお願いがあって……一緒に森へ入って貰えないかと」

「森へ!?」

マリアも、ジョアンナも同じように驚きの声を上げる。

「どうしてこんな時間に、森に」

「聖なる樹の葉が欲しいんです。ライナスの目を、少しでも良くしてあげたくて。それができるかもしれない樹が、西の森にあるんでしょう？」

マリアはようやく思い出す。

「あなた、やっぱり私たちの会話を聞いていたのね」

ルーネは申し訳なさそうにこくりと頷いた。

「どうしてもライナスの目の病気を治したくて、いろいろ調べていたんです。そうしたら、街のおじさんがあなたと話しているのを聞いて。居ても立ってもいられなくて、もう一度おじさんに聞きにいったら、西の森の伝説のことを教えてくれました」

「ああ、あの聖なる樹のこと？」

何気なく言ったのはジョアンナだった。

「ジョアンナ、知ってるの？」

「知ってるもなにも、この界隈に伝わる伝説ですよ。西の森、大いなる魔女の愛した聖なる樹。空が焼け夕闇に覆われた後、光る葉を探せ。その葉によりて汝の傷を癒やさん」

歌い上げるように言ってからジョアンナはマリアと少女を交互に見た。

「ただ、聖樹のありかは不明なんですよね。たまに、森に入る男が葉を拾ってきて、本物だと噂になることもあるみたいですが……確かに治らないと言われた怪我や病気が治るとは聞いています」

「ほ、ほんとうですか」

少女はがばっとマリアの方を向いて手を握った。

「私もエルフですから森と対話は出来ます。ですが、聖女様ほど正確ではないし、一人では心許ないし、聖女様なら助けて貰えるかと思って。どうか、一緒に行ってくださいませんか、どうか……」

少女の必死な顔にマリアは可哀相になってきた。そういえば少年と寄り添っているときも、この子は穏やかに、静かに、彼を支えていた。その中にこんな情熱があるとは思わなかったけれど、いま見せている真剣な顔は嘘をついている表情ではない。

「マリア様、よくお考えくださいましね」

ジョアンナが釘を刺すように言う。その言葉も理解できるのだ。すでに時刻は夕方だし、なにしろ私は方向音痴だし。

「ええと、私たちが責任を持って後日取ってくる、というのではどう？　今日はもう暗くなるし」

マリアが言うとルーネは激しく首を振った。

「ダメなんです！　ライナスは明日の午後にダルメリアに行ってしまうの！　王都に行ってしまったらもう会えない……今日しかないから、家を飛び出してきたんです！」

言われてみればルーネの頬には赤い痕がある。マリアは愕然として息を呑んだ。

「もしかして、親に反対されて」

「ぶたれました。夢みたいなコト言ってるんじゃないって。でも私が出来ることのなかで、これが一番なんです。自分に何の力もないなら、せめて、もっとも高い可能性に賭けるしかないじゃないですか！」

ルーネの両目からポロポロと涙が零れた。

マリアはルーネを見ながら大きく息をついた。まっすぐな言葉が心に突き刺さる。こんなにも相手のことを思ってあげているなんて知らなかった。

それに、聖女としての自分の仕事は困っている人を助け、癒やすことだ。マリアはルーネに微笑みかけた。

「あなたの気持ちは分かったわ。一緒に行きましょう。最大限の準備をして、ね」

「本当ですか⁉　ありがとうございます！」

パッと笑顔になったルーネとは対照的にジョアンナが困った顔で頭を掻く。

「全く仕方のない聖女様ですねえ。マリア様のご決定ならば私は口を挟みません。ですが侍女としてご主人であるマリア様をお守りする義務があります。近衛騎士に話をしますから、森に詳しい者を三名、護衛でつけましょう。それから私も同行します」

「それはありがたいけど、なんだか申し訳ない気もするわね」

チッチッ、とジョアンナは子供に注意するみたいにマリアの前で人差し指を振った。

「お忘れでしょうが、すでに和平が成立したとはいえ元魔族領の森なんですよ。いくらマリア様が生物全般との対話ができる方とはいえ、最大の用心が必要です」

しっかりした声にマリアはジョアンナを改めて見直した。いつもの飄々として面白い侍女の顔とは違う、揺るぎない主張が感じられる。それに言うことはもっともだ。

「そうね。お願いできるかしら」

「了解です」

そうだ、一応ヴィクトル様に言っておいたほうがいいかも。だがそこで彼の今日の予定を思い出す。

「ヴィクトル様は……そういえば西地区の視察で、お帰りは夕食後になると言っていたわね。先に食べていて欲しいと」

「マルクスさんもお出かけですし、他の人に言ったら止められそうな気はしますが」

「ひとまず仲のいいアゼルムス院長には声を掛けておくわ。あとは近衛隊長と、侍女長にも。聖女の仕事の一環であると言えば反対はしないでしょう」

「まあ確かに。人助けではありますからね」

二人のやりとりにルーネが跪いて頭を垂れる。

「ありがとうございます……本当に！」

「顔を上げて！　さ、行くとなったら手早く準備して、向かいましょう。ルーネにも手伝ってもらうわ」

「分かりました！」

三人は深く頷き、それぞれの準備に取りかかった。


それから一刻後。

暮れなずむ空を背景に、マリアたちは西の森の入り口に集合していた。

傍らにはジョアンナとルーネ、それに近衛の騎兵が三人。できれば森育ちのエルフかコボルトを、とジョアンナは頼んだようだが、残念ながらコボルト一人、あとは人間と猫人族という構成になった。

ブラドゥーン市街地の西にいまは捨てられた旧市街地があり、奥が森の入り口になる。時刻は夕暮れ、朽ち果てた石柱の向こうにねぐらへ帰って行く鳥や魔族たちの影が見えた。

「この道をまっすぐ行ってから、大きな石柱の残る地点で左に曲がり、蒼白泉の脇に至れば聖樹があると言われています。事実、私も小さい頃に光る葉を見たことがあるので、ほぼ間違いないかと」

「えっ、それじゃあ確定じゃない?」

「いや、西の森も林業をしているあたりは普通なんですけど、奥の方ははちょっと厄介なんですよね……なにしろ精霊の多い森ですから時々木が動くんですよ」

「木が!?」

さすがに驚いたマリアにジョアンナが困ったように笑う。

「魔族の森ですからね、そのくらいは。どこにあるか分からない、ってのはそういうことです」

「な、なるほど」

西の森は他の森よりもざわめきが不均衡だとは思っていた。なんというか、動的というか。木が動くような場所ならそれも納得で、精霊の数が思った以上に多いのだろう。

そんな不安定さのせいか、人外疎通の能力もうまく使えないようだ。先ほど掛けてみたのだがハッキリとした精霊の返答はなく、混線したようなざわめきだけがいまも広がっている。

「人が多いと答えもバラバラっていうのといっしょね……」

「まあこの森はいつもこんな感じですから、エルフやコボルトは慣れてますよ。奥に入ればば入るほど迷いやすくなります。くれぐれも私の後を離れずに。宜しくお願いしますね」

では、と言ってジョアンナは道具の入ったカバンを背負い直した。

「向かいましょうか」

一同が頷き、森の中の道を歩き出した。

といっても途中までは平坦で、道幅も大きい。木材を伐り出す道路も整備されて普通の街道と変わらないくらいだ。だが石柱を曲がったところから急に細い山道に変わった。奥に行けば行くほど暗く、細くなっていく。

マリアは肩のユールを光らせ、さらに杖に幻灯魔法を掛けることで松明のように辺りを照らしていた。昼間のよう、とまではいかないが、周囲を確認できる程度には十分に明るい。

「さすが聖女様の魔法は役に立ちますねえ」

「そう思っていただけたら幸いよ」

ジョアンナもマリアも男物の服を借り、上着は長袖、足にはエルフ用の太ももまであるブーツを履いている。頭を守るための帽子も狩猟用のしっかりしたものだ。

ルーネにも同じ格好をさせたが、さすがに森慣れしているだけあって動きが素早い。道の側の石柱に飛び乗ったりして辺りを見回している。マリアは早くも汗をかいてしまった。

「ルーネは、どうしてそんなにライナスのことを助けたいの？」

近くを歩きながら何気なく尋ねると、ルーネははにかむように微笑んだ。

「ライナスは、私が人間の子に虐められていたときに、助けてくれたんです」

彼女が言うには、ライナス一家は三年前に入植した人間たちの中の一家族なのだという。ルーネの一家はちょうど集団入植街の近くに住んでいたのだが、新しくできた教会学校に通うようになったときに人間の子に虐められてしまったらしい。

「長い耳を引っ張られたり、酷いことを言われたり。泣きそうになったときに、ライナスが怒鳴ってくれて。その声で先生が来て。いじめっ子を叱ってもらえたんです」

「優しいのね、ライナス」

うん、とルーネは嬉しそうな顔になった。

「後で聞いたら、自分も前にやられたことがあって、気持ちが分かったから助けてくれたみたい。その後はどんどん仲良くなって……うちは父も母も職人だから忙しくて、お弁当が少ないときがあるんだけど、そのときも美味しいものをいろいろくれるようになりました。だから私もライナスが杖で歩くときとか、手伝ってあげて」

「そうだったのね……」

小さく息を吐いてルーネは俯いた。

「王都に行くのは、仕方がないって分かってます。でも、それまでにどうしても、彼を癒やしてあげたかったんです。ライナスが好きだから」

はっきりした声に迷いはない。あまりにまっすぐで、マリアの方が少し照れてしまうくらいだ。たぶん、この子はすごく自分の心に忠実なんだ。何の疑いも偽りもない、純粋な感情。

私は……ヴィクトル様にどんな感情を抱いているのだろう。

ふと心に浮かんできた思いを慌てて打ち消す。いや、どうしてここでヴィクトル様が。まだ知り合って二週間足らずだし、そんな間柄じゃないし。

自分を誤魔化すために何か言おうとして、ふと、前を歩くジョアンナたちの姿が見えないことに気付いた。

「あ、れ……ジョアンナ？」

周囲にはいつの間にか霧が出てきている。光を掲げてもぼんやりとしてよく見えない。

マリアが声を掛けると、向こうから聞き慣れた声で、マリア様、と呼ばれた。そう遠くない。

「あっちだわ、遅れちゃったみたい。行きましょう」

ルーネの手を引いてマリアは声の方へ向かった。下草がブーツに絡みつく。あれ、おかしい。私たちは確か獣道を歩いていたはずで……。

「マリア様、待って！」

ルーネが立ち止まり、マリアもその場に立ち尽くした。

「マリア様……マリア様……」

ジョアンナの声がぐるぐると周りを回る。さすがにマリアもおかしいと気付き、杖をしっかりと握り直した。ルーネが暗い森を見上げる。

「これ、たぶんナヨビドリかも。聞いた声や音をそっくりに真似するの。声を追いかけていくと迷っちゃう」

「そんな鳥がいるの⁉」

「この辺には居ないはずなんですが……迷い込んできたのかな」

二人は身を寄せ合い、近くの大きな木に背を預けた。一体皆はどこへ行ったのか。

「まずは森の精霊に聞いてみましょうか。すべての言葉よ光と……」

すぐ近くでガサガサと大きな音が聞こえたのはその時だった。マリアは驚いて詠唱を止め、そちらに顔と灯りを向けた。普段はこちらから尋ねないと答えないはずの精霊たちが一斉に声を上げる。——危ない、にげて、逃げて！

「な、なに？　ま、まさか魔物!?」

「そうだけど、でもこれは！」

茂みが大きく揺れ、人影が飛び出してくる。ずんぐりむっくりとして背が低く、汚れた革の服を着ている。山ゴブリン族だ。

「おい、こっちにもいたぞ！」

男がマリア達を見るなり叫んで、掴みかかってくる。

「危ない！」

一瞬怯《ひる》んだマリアを庇うように、ルーネが飛び出して男に体当たりした。下草を巻き込みながら二人は木の根元までもつれて転がる。

「聖女様、逃げて！　こいつら、隣国の……！」

マリアはハッとした。そうか、準備委員会が言っていた、盗伐の！

「せ、聖なる縄よ戒めたまえ！　聖縄緊縛！」

咄嗟に叫ぶと、男めがけて光の縄が飛び出した。蛇のように細長い光に包まれ、瞬く間に男は縛り上げられる。

「クソッ、聖女か!?」

「そうよ、あなたは盗伐者ね？　もう逃げられないわよ！」

「ハッ、そりゃあ俺たちの台詞だぜ？」

男はペッと唾を吐き出し、不敵にニヤリと笑う。

今度は向こうで鋭い音が弾けた。山鳥たちが騒ぎながら飛び立ち、それを背景にさらに二度、三度。剣を打ち合う音も響いてくる。

「あっちが本隊さ。二十人以上いるんだ、逃げられねえのはそっちだぞ」

マリアは唇を噛んだ。男の余裕はそういうことだったのか。

「ルーネはここにいて！　どうせその縄はしばらく解けない。私はジョアンナ達を見てくるから！」

「私も聖女様と行きます、迷ったら大変だもの」

走り出したマリアにルーネも付いてくる。音はその間も断続的に聞こえていた。

「さっきはありがとう、でも今度は危ないかもしれないから、あんな真似しないでね！」

「大丈夫、あの男からこれを貰ってきたし」

ルーネが自信ありげに山刀を見せる。いつの間に！

ひときわ大きな音が響き、同時にマリアたちの視界も開けた。

木立が途切れて小さな広場のようになっている。花を付けた下草を囲むようにして古い木々が並び、真ん中に小さくて丸い泉があった。

その周りに騎士が三人、倒れている。

「マリア様！」

後ろ手を摑まれ、押さえ込まれているのはジョアンナだ。周囲には先ほどの山ゴブリンと似た格好の男たちが十名ほどもいるだろうか。山ゴブリンだけではない。人間も、エルフもいる。どうやら組織立った盗伐だったようだ。

マリアとルーネを見た男たちが、ヒュ、と下卑た口笛を吹いた。

「また女だ！　エルフと人間と……こいつは上玉だぞ！」

混乱する思考を整えつつマリアは倒れた騎士を、それからジョアンナを見た。騎士は動いているから死んではいないようだ。ジョアンナは腕に怪我をしている。すう、と息を吸ってマリアは杖を掲げた。

「聖なる光よ、地に満ちよ！」

一瞬、激しい光が辺りを包み込む。

「な、なんだっ⁉」

たまらず目を閉じる男たちを尻目に、マリアは眼を細めつつ騎士の方へ走り出す。

「ユール！」

そう叫ぶと、ユールが目を光らせ、身体を大きくした。そのままの勢いでジョアンナの服を咥え、強引に奪い取って走ってくる。

「しっかり……いま治癒するから！」

「す、すみません……マリア様……」

まずはジョアンナの小さな傷に手を当てる。無詠唱緊急治癒魔法を掛けて出血を止め、傷を塞ぐ。次は騎士だ。近くに倒れていた二人へ同じ魔法を施す。手を当てると治癒の光が傷に吸い込まれ、苦しげに歪んでいた騎士たちの顔が和らいだ。マリアはホッと息をつく。

「女ァ！　舐めやがって！」

顔を上げると周囲の光はすでに消えていた。まずい。山ゴブリンの一人が山刀を振り上げ、襲いかかってくるのが見えた。

「危ないっ」

相手の刀をルーネがさっきの山刀で受け止める。だが手元がおぼつかない。その隙に男に腹を蹴られ、瘠せた身体は右方向に吹っ飛んでいった。

「ルーネ！」

続けて振り下ろされた刃をマリアは咄嗟に杖で受け止めたが、やはり力が強くて押し戻せない。ミシ、と杖が鳴る。

「あっ！」

次の瞬間、マリアの杖は二つに割れてしまった。

中に封印されていた魔方陣が放たれ、乱気流を起こす。男は怯み、マリアも背後の木に縋って立っているのがやっとだ。

パラパラと風に木くずが舞い散るのをマリアは呆然と見ているしかなかった。私の杖が、前の世界からずっと一緒にやってきた大切な道具が、割れてしまった……。

ようやく風が収まると、目の前にヒラヒラと光る葉が舞い落ちる。

ハッとして上を見れば、そこには枝全体を光らせる一本の大樹があった。

「せ、聖なる樹⁉」

「マリア様、危ない！」

ジョアンナの悲鳴にマリアは前を向く。先ほどの大男がすぐ前に迫っていた。

「ふん……まずはお前からブチ犯してやる！」

大きな手がこちらを掴もうとする。ユールが目を光らせて飛びかかったが、腕の一振りで吹き飛ばされてしまった。

マリアは震えて動くこともできなかった。杖を失い、身を護る術が何もない。誰も、自分さえも助けることができない。自分たちはここまでなのだろうか、誰か……。

樹の後ろから、まるで魔法のように黒い影が現れたのはそのときだった。

目の前の男が一瞬で吹っ飛ばされ、視界から消える。

「えっ……」

慌てて体勢を立て直し、マリアは目を丸くした。

目の前に大きな黒い獣がいる。

ピンと立てた耳。ふっさりとした尻尾。そして美しい漆黒の毛並みと、左前足に付いた古い傷。

間違いない。あのとき、マリアが治癒の術を施した黒狼だ。

狼は先ほどの男の頭を咥えている。

「も、もしかして助けてくれたの？」

狼は答えず、ぶんと振って男を放り投げた。

「くそっ、この魔獣風情が！」

他の男たちが武器を手に狼へ襲いかかる。だが狼は一瞬で毛を逆立てると、目にもとまらないような速さで次々に男たちへ噛みつき、打ち振るい、瞬く間に全員を地面に倒してしまった。まるで魔法のようだった。

「すごい……」

最後にぶるんと首を振って咥えていた男を放り出すと、狼はマリアのところへ静かに歩み寄ってきた。精悍な顔立ちだが紫の目は穏やかで、静かな親愛の情が読み取れる。

「覚えていてくれたんですね」

マリアが手を差し出すと、そこに頭をすり寄せてくる。フワフワのモフモフ。とても気持ちがいい。

改めて見れば狼はひどく大きかった。四つ足の状態でマリアの顔よりも高い場所に顔がある。以前に会ったときよりも毛並みも体格も良くなり、足の傷もすっかり治っている。

とはいえ杖は折れてしまったから、人外疎通も無詠唱で掛けなければ。すっと手を差し出したマリアだが、いつもの光は生まれなかった。

「あ……魔力切れか」

そうだ、ずっと光を灯していたし、騎士たちも魔力消費の激しい無詠唱で治療してしまった。おまけに杖も失っている。聖女の杖は魔力の増幅装置だから、あれがなければマリアの魔力なんか取るに足らないものだ。

せっかくあのときの狼と再会できたのに、話をすることもできないなんて。

切ない心を掬い取るように、狼はこちらに鼻を押しつけ身体をすり寄せる。

それはマリアに何かを言いたいような、慰めるような、そんな仕草にも感じられた。触れ合ったぬくもり。同時に、言葉が伝わって……。

向こうから声が聞こえてきたのはそのときだ。新手だろうか、マリア達は身体を硬くしたが。

「おーい、マリア様！　ジョアンナ！　マルクスです、いらっしゃったら返事をしてください！」

「マルクスさん！　こっちです！」

マリアが声を上げるのと、狼が踵を返すのは同時だった。軽い足取りであっという間に藪の中に駆け込んでしまう。一瞬だった。

入れ替わるように霧が晴れていき、周囲の景色が戻ってくる。辺りはすでに暗く、だが松明の灯りがそこかしこで揺らめいているのが見えた。

「マリア様、ジョアンナ！　無事でしたか！」

灯りと共に駆け込んできたのはマルクスと騎士たち、それに星祭りの実行委員たちだった。

「聖女様！　よかった無事だったか！」

「皆さん、どうしてここに！」

マリアの言葉に、実行委員の一人がそりゃあ当然さ、と胸を張る。

「ルーネの家族が『娘が西の森に行った』って半狂乱になって探しててなあ。可哀相だし、じゃあみんなで探しに行ってやるか、ってところでそっちの王宮の人たちと出会って」

マルクスと騎士たちも頷く。

「お話を聞いたら同じ目的でしたので、ご同行をお願いしました」

「マルクスさん達はどうして来てくれたんですか？」

「昼間の国境視察で、盗伐が組織的なものであり、今夜も計画されているとの情報を入手しまして。おまけにマリア様達が出発なさったと聞いたので、大急ぎで討伐隊を編成してきたのです」

「そうだったんですね……」

話を聞いているうちにホッとした。同時に力が抜け、その場に座り込んでしまう。なんとか乗り切ることができたみたいだ。

膝の上にハラハラと光る葉が舞い落ち、マリアは急いで拾い上げた。

「ルーネ、これ、聖なる葉よ！　ほら、さっきの風ですごく落ちてる！　拾っていって、ライナスに！」

「えっ、本当に!?　よかった、嬉しいです！」

ルーネが駆け寄って……いや、左足を引きずっている。

「足をどうしたの!?」

「たいしたことないです、弾き飛ばされたときに、挫いてしまったみたいで」

マリアは悲しい気持ちで彼女の足を見つめた。杖が、魔力があれば少しでも治せるのに。

「ごめんね、いま魔力も切れていて、杖も」

「聖女様は気にしないでください！　あんなに魔法を連発したんだから、魔力切れは当然ですよ。だからみんなこうして無事に帰れるわけですし」

彼女の声に続いて、そうですよ、とジョアンナが歩いてくる。

「私のコトも助けてくれてありがとうございます！　急に深い霧が立ちこめて、マリア様たちが見えなくなったからどうしようかと」

「霧も人工的なものだったようですよ。さきほど盛んに様々な名前を呼んでいましたが、霧と一緒に消え去りましたから……そちらも魔術だったのかも」

マルクスが指さしたのはいくつかの簡易的な黒魔方陣だ。水と霧、それに音声系の魔術を使った跡がありありと残っていた。

倒れている山ゴブリンたちを見てジョアンナがぶるると肩を震わせる。

「森へ聖なる樹の葉を探しに来たら、とんでもない事件に巻き込まれたってことですね。おお恐い。でも結果的に聖なる葉も手に入ったし、まあ結果良しってことで……」

「ルーネ！」

甲高い声がして、皆がそちらを振り返った。

そこには騎士に支えられたライナスが立っていた。

「ら、ライナス⁉　どうしてここに！」

「どうしてもこうしてもない！　君が、君が危険な森に入ったと聞いて、僕は……！」

ルーネはハッとしたようにライナスを見た。

「あ、歩いてきたの？　片目では視界も限られるのに？」

「ああ、マルクスさん達に先導して貰いながら、魔法印を頼りにね」

「どうしてそんな無茶を！」

「君が心配だったからさ」

ライナスは言い、ルーネの頬を撫でた。

「君の気持ちは本当に嬉しい。でも、怪我までして……苦しい思いをしてまで、こんなことをして欲しくない！　君を、僕は君をとっても大事に思ってるから……！」

最後は真っ赤になって言えなかった。

ルーネもまた顔を赤くして聞いていたが、やがて小さく息をついた。

「本当に大事に思っているのは私もいっしょ。だから、私は、私の考える最善を尽くしただけ。大事なあなたが少しでも癒やされるなら、なんだってする」

だから、と言ってちょっと泣きそうな顔になった。

「王都に行っても、わ、忘れないで……」

ライナスが杖を手放し、ルーネの身体を抱きしめる。

「行かないよ。王都行きはもう断る。ここで君と過ごす方がずっといい」

「ライナス……」

「お父様だって説得してみせるよ。大丈夫。ルーネ、大好きだ。ずっと一緒にいよう
……」

ルーネがびくんと肩を震わせて、ライナスの身体を抱き寄せる。若い二人はしばらく木

の陰でそうしていた。

ジョアンナがふざけたような顔で、ふうう、と息をつく。

「いやあ、二人とも上手くいきそうでよかったじゃないですか？　こんな危険な目に遭うと知っていたらルーネちゃんも連れてこなかったですけれど」

「本当にね……なんとか無事で良かった」

マリアはちょっと恥ずかしいながらも嬉しくなる。二人の思いが通じたようで良かった。聖なる葉も手に入ったし、安心したらちょっと目眩がした。ホッとしたと同時に、魔力切れで疲れがドッと出たのかもしれない。

「マリア様、お怪我は大丈夫ですか？」

マルクスがこちらへ走ってきた。その向こう、倒れた騎士たちが仲間に介抱されているのが見える。

「私は大丈夫。騎士達の怪我は？」

「どうやら不意打ちの初撃で麻痺魔法を食らったようです。傷はマリア様が緊急治癒で治してくださったから、軽傷ですんだようですね。ジョアンナ、あなたの怪我は？」

マルクスの声にジョアンナは腕を振り上げてみせる。

「さっきマリア様に治療して貰ったので大丈夫！　たいした傷じゃなかったですし」

「無詠唱の緊急措置だから、明日にでもきちんとまた治癒の術を掛けないと。あとは……」

マリアは先ほど拾い上げた葉を見た。手のひらほどの葉はまるで息をするように強弱をつけて青く光っている。持っているだけで少しずつ、怪我や傷が回復していくような治癒力を感じるから、確かに言い伝えの聖樹なのだろう。

マルクスが聖なる樹を見上げる。

「この樹を見たのは私も久しぶりです。旅する精霊樹とも言われていましてな。西の森の中を少しずつ漂流しているのです。たまたまここにいたのか、それとも盗伐師に襲われた精霊の木の悲鳴でやってきたのか……どちらにせよ運が良かった」

梢《こずえ》に茂る葉がさざめくように光を放つ。さながら光の波のようなその光景にマリアもジョアンナもしばし見とれた。

「この葉には確かに治癒の力があるけれど、いまのままでは微弱だわ。通常はどうやって使うのですか？」

「火で炙《あぶ》るか、聖水に浸すと効果が何倍にもなるのです。温度に反応するようで。そうして処理をした葉を傷に押し当てたり、あとは」

「……湿布にして患部に貼る、お茶として飲む、そのまま嚙む、などだな」

マルクスの声に低い声が重なる。マリアは弾かれたように顔を上げた。

獣が消えた茂みの方から現れたのは、背の高い影だった。

「ヴィクトル様……」

ゆっくりと歩いてくる彼もいまばかりは山に入るような外套を纏っている。彼の姿を見たマリアはさらに安心して笑みを浮かべた。

「ヴィクトル様も来ていらしたんですね」

その顎にヴィクトルの指が優しく触れた。紫の目がじっと見つめる。

「……お前が、無事で良かった」

短い言葉だが深い感情が詰まっているように聞こえる。マリアは胸が波立つのを感じた。自分のためだけに来たのではないのは分かっているけれど、こうして心配してもらえると嬉しいし、ヴィクトルには怪我がなくてよかったと思う。

こうして人も揃い、ヴィクトルまで来たのならもう安心だろう。そう、すべては終わったんだ……。

次の言葉を出そうと口を開く前に、全身の力が抜けていく。がくりと身体が揺れ、地に倒れる。

「マリア様!?」

呼ぶ声が遠くに聞こえる。おかしいな、怪我はしていないはずなのに。でもなんだか熱い。歩いたせいか、それとも。

ヴィクトルが大きな手を伸ばし、抱き上げてくれる。低い声で名前を呼ばれ、マリアの意識はすうっと闇に沈んでいった。

遠くから声が聞こえた。

「マリアちゃんは……そうねえ、明るくて優しい、普通の子よ」

振り返るとそこには小学校の先生がいた。ニコニコ笑っている。

「マリアちゃん、ホント優しいよ。すごーく頭がいいわけじゃないけど」

今度は中学校の同級生だ。

それを皮切りに様々な声が、様々な人影が現れた。

「いつでも明るいよね。真面目で」

「頼んだらなんでもやってくれるし」

「マリアちゃん、トリミング前のシャンプーすごく上手」

「ワンちゃんたちもマリアちゃんのこと好きみたいだよ」

誰も彼もが褒めてくれる。それは嬉しい。役に立っている気がするし、仲間に入れている。

でも。

「正直……すごく上手ってわけじゃないからなあ」

姿が見えないまま、別の声が言った。

「他の人でもいいよね」

「ほんとごく普通の、平凡な子だから」

「本人も頑張ってるんだけどね、ヤル気は分かるんだけど」

「まあ普通のレベルっていうか……これ！　っていう強さがないっていうか」

マリアは耳を塞ぎたくなった。すべては自分の選んできた道だけれど、だからこそ辛い。そうじゃない、良くできていたときもあるんじゃないかと思うが、それでもこういった声を聞いてしまうとそちらに引きずられてしまう。

「落ち着いて、アオバ三級聖女官」

暗闇の中を振り返ると、二人の男性が座っていた。

「契約解除だから、追放という訳ではない。依頼退官というか、そうだな……召喚転移者《きみたち》の言葉で、リストラ、って感じかな？」

「もちろん、この後には他にも依頼退官をお願いするつもりだ。その中では君が一番明るいし、性格もいいし……我々までも気遣ってくれるその優しさなら、きっとすぐに次も見つかると思う」

「三級聖女の中にはすでに所帯を持って子供がたくさんいる者もいてね。君はほら、まだ身軽だろう？　だから最初にこうしてお願いに」

次々に聞こえる声にマリアは泣きそうになった。努力しても同じことの繰り返し。自分はそんなに空気のような存在なのだろうか。他の人に劣るだろうか。普通っていうレッテルだけで全部を語られてしまう存在なのか。

いや、たとえそうでもいい。せめて、せめて一人くらいは。

暗闇の中に静かな光が差す。

蹲っているのは一匹の狼。

同時に、頭の上から自分の声が降ってくる。

『少し良くなりましたね。一緒に頑張りましょう！』

『痛いですよね……すぐに和らげてあげますから』

『少しでも食べないとダメですよ。食べさせてあげますから、ほら、最初に、いただきます！　って言うんです。食材と作ってくれた人への感謝を込めて』

『よかった！　すっかり傷は良くなっていますね。後はもう少し療養すればいいだけ……』

そういえば私、こんなことを言っていたな。一体どこで言ったのだろう。優しく、励ますような声で。

ああそうだ、思い出してきた。あの狼のところだ。

言葉だけでなく、何度も檻の外から手を伸ばして黒い毛並みを撫でたっけ。傷ついた黒狼がだんだんと回復していくのが嬉しかった覚えがある。唐突に別れが来て、彼の本心は最後まで分からなかったが、同じように親しい思い出として残っているといいな。

頭を上げると紫色の目でこちらを見た。

——あなただけ。

——こんな私を救ってくれたのは、あなただけ。

——私も、あなただけを。

スッと立ち上がり、歩いてくる。その姿が目の前で溶けるように消えて……。


薄目を開けるとヴィクトルの顔が見えた。ぼやけている。

声を出そうとしたが、喉が痛くて出なかった。目も潤んでいるし、体が熱い。はあっと吐き出した息がさらに熱くて驚いた。

自分はどうやら寝かされているようだ。上掛けの重みを感じるのに寒くて仕方がない。

「聖女。起きたのか？」

ヴィクトルはマリアの頬を濡れたタオルで拭き、絞り、額に載せてくれた。タオルの間には何か葉のようなものが見える。そうか、あの聖樹の葉だ。

「治癒院で風邪を貰ったのだろう。それがあんな無茶をしたので酷くなった。アゼルムス院長も似たような症状だったそうだが、昨日回復した。先ほど、お前のことを治癒しに来てくれたのだ」

「ご、めん、なさい……私……」

なんとか絞り出した声に、ヴィクトルは首を振って微笑む。

「お前が悪いのではない、聖女。むしろ、我が領民のために尽くしてくれて、礼を言う」

「でも、ヴィクトルさまに、ごめいわくを……」

「私は私がそうしたくてお前の世話を焼いている。気に病むことはない」

声がいつもよりも優しい。

ボンヤリした頭でマリアはヴィクトルの顔を見つめた。どうしてヴィクトルが自分を看護しているのか、それは分からない。

でも傍らに居てくれて嬉しい。安心する。

もっと声を聞かせて欲しいし、もっと触れて欲しい。

ああ、もう間違いないな、とマリアは思った。

私、たぶんこの方が好きなんだ……。

ヴィクトルは丁寧な手つきでマリアの髪を整え、上掛けを引き上げてくれる。横顔は優しさに満ちて、いつもの険しい表情もない。

どうしてそんなに私に優しくしてくれるのだろう。

どうして……。

マリアの視線に気付いたのか、ヴィクトルがフッと笑う。

「安心してゆっくり休むといい。側に居るから」

頭を撫で、引き戻したその腕。

シャツの袖を腕まくりし、あらわになった左腕に……大きな古い傷が見えた。

第三章　星祭りの夜に

「ああ、もうすっかり良くなりましたね」

額に手を当てたジョアンナの声に、マリアは素直に頷く。確かに、もう熱は感じないし喉も痛くない。

「ごめんね、すっかり看病して貰っちゃって」

「何言ってるんですか、侍女ですから当たり前ですよ。それにマリア様を看病したのは、私だけじゃないですからね。アゼルムス院長とか、治癒院の職員も」

「みんなに迷惑掛けちゃったな」

「いいんですよ、そんなこと！」

サイドテーブルの薬やタオルを片付けながらジョアンナは笑顔になった。

「いつもマリア様にしてもらってることですからね。こんなときくらい、ゆっくりこちら

盗伐団は一網打尽となり、騎士たちにも重傷者はおらず、ルーネは捻挫《ねんざ》、マリアは風邪だけで済んだのは奇跡だっただろう。

その後、当局の尋問を受けた盗伐団は、木材を売りつけるはずだった意外な名前を口にした。

ダルバート勇者王国。

木材を大量に必要としている、と盗伐団の棟梁は言ったのだという。

「昨年からそのような噂は耳にしておりました。木材だけでなく、他の資材も同様に手当たり次第集めていると。考えられるのは干拓事業や大規模開拓、それに……戦争」

今朝、マリアの部屋を訪れたマルクスは静かにそう言い、首を振った。

「けれどまだ答えを出すには性急です。こちらとしては森の盗伐を押さえられただけでよろしいかと。今回の件は一先ず一件落着ということになります」

「無事に解決して良かったです」

ホッと胸を撫で下ろしたマリアにマルクスは目を細める。

「マリア様、どうかくれぐれもご自愛ください。ヴィクトル様もたいへん心配なさっておられました」

「そうね、看病して頂いて……覚えているわ」

ふっとマルクスが微笑んだ。

「執務の合間を縫って看病に参加すると仰ったのはヴィクトル様ご自身です。マリア様のことを本当に大事に思ってらっしゃいます。マリア様たちが森へ向かわれたと聞いて、ご自分も向かうことを決められたのもそのため。盗伐団の騒ぎがなくてもきっと向かっておられたでしょう」

嬉しい反面、マリアは考え込んでしまった。

森で出会った狼のこと。

黒い毛並みと左前足に付いた古い傷。

ヴィクトルと狼の関係について、尋ねたい。おそらくマルクスは知っているはずだけど、でも、本当の名前や姿を他人が明らかにするのはタブーだと。

考え込むマリアの前でマルクスは微笑を浮かべる。

「ヴィクトル様をはじめ、この王宮にはあなた様を慕う人や魔族が沢山おります。ご自分がかけがえのない存在であることをどうか忘れず……あ、ヴィクトル様」

「失礼する」

続けてやってきたヴィクトルはいつも通りだった。いつも通りの険しい顔、いつも通りの威厳。

「ヴィクトル様、わざわざありがとうございます」

マリアが上掛けを片付けて向き直ると、ヴィクトルはベッドの脇の椅子に腰掛け、こちらの額に大きな手を当てた。険しい顔なのにやけに距離感が近いのも、いつも通り。

「熱は下がっているが……まだ顔が赤いな」

「だ、大丈夫です」

でもマリアはいつも通りではいられなくて、ドキドキと心臓が音を立ててしまって。

「いま飲み物をお持ちしましょう」

マルクスが下がり、部屋は二人きりになる。さらに顔が赤くなってしまいそうでマリアは慌てて言葉を絞り出した。

「あ、あの、病気の間、看病してくださって……本当にありがとうございました」

「当然だ。聖女だって私を癒やしてくれただろう？　あのホットマスクとやらはなかなか良かったな」

「では、また治りましたらぜひ……」

ちらりと視線を上げると、ヴィクトルは何も言わずにマリアを見ている。紫の目は見れば見るほどあの狼と同じだ。せっかく二人きりの時間だし、あの狼との関係を聞くならいましかないのでは。

先日助けてくれた、そして三年前に牢獄で出会ったあの黒い狼は、ヴィクトル様なのですか、と。

だが同時に別の心がマリアに疑問を投げかけるのだ。

聞いてどうするの？

先日は助けてくれてありがとう、とお礼は言えるかもしれない。それは、本人が隠しているることを暴いてまで言うことなのだろうか。

それに、彼があの狼だと分かったら自分はどう接すればいい？

どうして長く牢に繋がれていたのか、そもそもどうやってあんなに長く獣化していられたのか、様々な疑問もすべて尋ねるべきなのか。

「聖女が無事で、良かった」

ヴィクトルがさらりと前髪を撫でてくれる。無骨な指先が愛おしい。もっと触れたい、近付きたいと思うけれど、言葉は喉に詰まったようにあと一歩を進んでくれないのだ。こんなことは前の世界からの記憶にもなかった。

「……私もよく、こんな風に看病されていたのだ。エイダに」

ぽつりと漏らした言葉にマリアはびくんと背を伸ばした。

「あの頃の私は体が弱かった。彼女は侍女長で、私の教育係でもあったからな。よく面倒を見てくれた」

「優しい方、だったのですね」

ふっと息をついてからヴィクトルは小さく微笑んだ。

「ああ。とても優しくて、可愛らしい女性だった。怒るときはとても恐かったが、大体は優しかったな。いつも側に居てくれて、こうして話をしてくれて」

ヴィクトルの横顔は穏やかだ。瞳の中には遠い憧憬のような色がある。きっと本当に大事な人だったのだろう。

逆に自分の心にはわずかにモヤのようなものが湧いてきている。

マリアは黙って自分の手を見つめた。心の中に湧き上がるこの感情。以前にエイダとヴィクトルの話を聞いたときはまだ、こんな感じはしなかったのに。

「その、エイダ様は、いまは」

マリアの言葉にヴィクトルは目を細めた。

「戦争の直前に亡くなった」

マリアは呆気に取られたようにヴィクトルを見た。

彼は視線を落としていたが、やがて息をついた。

「とにかく、まだ体調は回復していないのだから、しばらく安静にするといい。治癒官として、また祭りの実行委員としての仕事はそれからだ」

「ありがとうございます」

言ってからふと、マリアはヴィクトルの指の小さな傷に気付く。癒やしてあげなきゃ。

だが杖を求めて伸ばした手は空を切った。

ヴィクトルがマリアを見て、ああ、と頷く。

「杖を失ったのだったな」

「はい……私の未熟さゆえ、です」

マリアは唇を噛んだ。

あのとき割れた杖はジョアンナが回収してきてくれたが、強い力で割れたために破片が粉々になり、修復は難しいだろうとのことだった。

異世界召喚された聖女にとって杖は前の世界の形見であり、分身とも言える。それだけに、壊れたときには一気に心が崩れるように感じられた。

一般に魔法道具は専門の技師に使い手の魔法力や生命力を見てもらった上で、工房で作るのが正しいやり方だ。ただ緊急的に求める人や初心者などには魔法道具店での既製品購買という方法もある。魔力は八割程度までしか上がらないが、その分手軽で安い。

「もし良かったらいい魔法道具工房を紹介してくださいませんか。難しそうでしたら魔法道具店でも構いません」

焦っているのは承知だが、マリアも必死だった。森での失態の上に、この後は無益な存在になってしまうなんて。役に立たない聖女にはなりたくないのだ。三度目のリストラ、という最悪の事態はどうにかして避けたい。

ヴィクトルは少しだけ考え込んだ上で、顔を上げきっぱりと告げた。

「聖女の焦りはもっともだが、探すにしても、作るにしても、まずは体力と魔力が回復してからだ。今の魔力は見たところ通常時の半分以下。使い果たした分が回復するのは体力が元に戻ってからと聞く。もうしばらく時間が掛かるだろう」

すべての言葉が正しい。マリアは反論もできず、はい、と答えた。

空回りしているのは自分の心だけだ。分かっているけれども。

「それに……二週間後の星祭りを終わらせてからでも遅くはない。その間はゆっくりと、自分の体力と魔力の回復を第一に過ごすことだな。くれぐれも焦らないように」

「わかりました」

「なにかあったらまた私を呼ぶといい。では」

ヴィクトルは険しい声で言い、さっと部屋を出て行く。

残されたマリアはうなだれてベッドの上掛けを握りしめるしかなかった。


風邪が治り、治癒院に復帰したのはさらに三日後。

それからマリアの周囲は一気に慌ただしくなった。

まずは星祭りの準備だ。

星祭り準備委員会が盗伐団の捕縛に貢献した、という知らせはブラドゥーンの街を駆け巡った。

準備委員会が人間と魔物の合同団体であり、対立を乗り越えて協力しているという話まで伝わると、星祭りに対して支援や援助をしたいという個人・団体がどっと増えた。結果、資材や人手が集まり、あっという間に準備が整っていった。

「いやあ、大分助かったな。まさかこんなにみんなが支持してくれるなんて」

委員長のベンディクスが言えば、副委員長のブラウンもうんうんと頷く。

「それだけ、人間と魔族の間のことで悩んでいる人が多かったんだろ。俺たちの行動がいい刺激になった、って市長さんや商工会議所の奴らにも言われたしな」

木で作られたステージの周りにはすでに木製のオブジェやトーテムが美しく飾られている。天井は美しい薄織りの更紗が張り渡され、ガラスの星々が無数に吊された様子は昼間でも幻想的だった。星祭りの開催期間は真夏入りの三日間であり、期間中は夜通し灯明魔法を掛けておくのだという。

ステージの設営が終われば森との対話もなくなり、マリアの仕事はないも同然だ。おまけに杖を失っては本格的な治癒はできない。

これでは本当の役立たずだ。せめて他のことで埋め合わせようと、職人たちに交じって布仕事や縫い物に手を動かしたが、本格的な技術を身につけている彼らと同じ足並みででききるわけもない。

役に立たない自分を委員会に迎えていても無駄ではないか。マリアはそう思ってついに今日、委員の辞退を申し出たのだが、なんと即座に却下されてしまった。

「そんなこと言わないでくださいよ、聖女さまにはみんな世話になったんですから！」

「本当にそうですよ。最初は仲介に入ってくれて、その後は自分の役目でもないのに加わって、活動を盛り上げてくれて。もう仲間じゃないですか俺たち。なあ？」

マリアは目を瞬かせた。

「仲間……」

「聞けば、召喚聖女様って別の世界から来たんでしょ？　異世界から来た人が、この世界で頑張ってみんなのために働くって、それだけで凄いじゃありませんか」

飾り付けを担当しているふくよかな女コボルトがニコニコと笑いながら背を叩いてくれた。

「うちの息子なんかこの世界で生まれたってのに未だにフラフラしてて定職にも就かない。ほんと、聖女様の爪のアカくらい飲ませたいもんですよ！　それに比べたら十分立派」

「ハハハ、カーリィんとこの倅《せがれ》はほんとにそうだな！」

笑い声を背に、女コボルトのカーリィはマリアに笑いかけた。

「アタシも駆け出しのころ、娘時代は気負っていたから、なんとなく聖女様の気持ちも分かります。布職人の世界も厳しくてね。自分だけが出来ていないんじゃないか、能力が低いんじゃないか、そんなことで眠れなくなることもしょっちゅうだった」

ふうっと息を吐いて彼女は遠い目をした。

「でもね、そんときに親方が教えてくれたんですよ。『バカいえ、この工房はみんなで支え合ってんだ。それぞれやることやってんだから、おめえだって立派に役割を果たしてんだよ！』ってね」

「みんなで支え合って……」

「アタシはいつの間にか独りで、みんな以上に出来るようになりたい、ってそればっかり思ってたんでしょうね。それはそれで素晴らしいことだけど、でもそれぞれの能力は違う。出来ないからって落ち込むことじゃなくて、自分が居る場所で一生懸命、できうる限りのことをやっていれば恥じることはないって、そう教えられたんです」

そうだな、と男たちも陽気に頷く。

「聖女さまは助けるのがお仕事ってんなら、俺たちのことを助けてくれたし、ルーネのことも助けてくれた。十二分に働いたから、なんていうか……いまはちょい有給って感じで、いいんじゃないですかね⁉」

「バカいえ、ここに居てくれるだけで癒やしじゃねえか、俺たちの癒やしだよ」

「違いねえな！」

笑い声がさざ波のようにマリアを包み込む。頭の中でその笑顔と言葉、考え方が繋がっていく。カーリィの言葉、ヴィクトルが言ってくれたエイダの言葉。

いままで、前の世界からずっと、マリアは同じ考えだった。誰かよりも優れていなければ意味がない。素質が平凡で、普通だから、特徴のある優秀な存在になって認められたい。

でも……ここでは、普通だとか平凡だとか、どうでもいいのかも。

夏空の下、こうしてみんなでのどかに風に吹かれていると、そんな穏やかな気持ちになってくる。

ダルメリアの聖女庁では仕事の合間にこんなおしゃべりはなかった。午前と午後で仕事の内容が決められ、昼食は食堂か一人で食べるか。目一杯働いたら、また次も目一杯の仕事を渡され、いつまでもベストな結果を求められて。すべてがその繰り返しだった。

聖女庁は戦争を支えるための組織だから効率を優先するのは当たり前だが、自分自身もいつしか同じ思考に陥っていた気がする。前世からの二度のリストラがさらに視野を狭めていたのも事実だ。

まだ長年の考え方すべてを改めることはできない。けれど見えていた道の側に別の道を見つけたような、そんな気分でマリアは小さな息をついた。

「……みんなありがとう。少し、元気が出ました」

「よかった！　このごろ痩せちゃったし落ち込んでいらしたから気になってたんです！」

カーリィが前の世界のお母さんのように喜んでくれる。

「それにヴィクトル様にも言われて……おっとと」

うっかり、という風にブラウンが慌てて口を押さえる。その脇腹をベンディクスが鋭く肘でつついた。

「おい、黙ってろよ！」

「ヴィクトル様？」

あ、いえ、と言いながら二人は口ごもる。カーリィがクスクスと笑った。

「なにね、ヴィクトル様はあなたのことをすごく心配して、委員会に意見を聞きに来ていたんですよ。聖女の杖がない間も所属させていてくれないかとね」

「ヴィクトル様が？」

うんうんと委員たちが頷いた。

「当たり前ですよ、ってそりゃ答えるでしょ。聖女さまはそんな力なくても委員会の一員なんだから」

「ヴィクトル様も案外心配性だよな」

ベンディクスの言葉にブラウンがニヤニヤと笑う。

「ばか、大公は聖女様だからこそ心配なんだ……いてえっ」

最後の言葉はカーリィがブラウンの背中を思い切りぶっ叩いたせいだった。

「ふざけて人の心を推測するのはおよし！　まったく、どこの男もレディの前での躾がなってないんだから！」

ワイワイと騒ぐ中、痩せた影がこちらに歩いてきた。ルーネだ。

「うちのお母さんから差し入れです。ナナマルチェリーのパイですよ」

「おっ、フェストレム家のパイか！　ルーネの親はパン職人だから何でもうめえんだよな！　おい、ちょっと軽食休憩にしようぜ！」

「賛成！　あれっお茶のポットはどこだ？」

「おれ、お湯沸かしてくる！」

ルーネがテーブルにカゴを置くと、皆は瞬く間に軽食の準備を整えパイに群がった。騒がしいけれど充実した雰囲気の中、ルーネがパイを持ってきてくれる。

「聖女様、おかげんはどうですか？　はい、パイですよ」

ぼんやりしていたマリアは慌てて、ありがとう、と皿を受け取った。彼女と会うのは先週ぶりだ。

「私はもう大丈夫。ルーネの足は？　後遺症もないのかしら？」

「はい、もう普通に歩けるようになりました」

あの後、ルーネはアゼルムス院長に見てもらい、軽い捻挫だと診断されたという。彼の施術のお陰でたった二日で全快したとか。軽い怪我にしても急回復だが、一因は聖なる葉だったという。

「一枚だけ使わせてもらったんです。そうしたら回復が凄く早くて」

「私もそうだったわ、あれが無かったら一週間は寝込んだだろうって言われたの。さすがに言い伝えどおり、聖なる樹は魔力がケタ違いよね」

あのときは四十枚ほど、舞い落ちた分だけ拾ってきたのだが、ほとんどはライナスに渡してやった。いまはそれを使って治療しながら、眼を使うリハビリも並行して始めたのだと聞いていたが。

「ライナスは今週になってダルメリアに通い始めたんです。なんでもリハビリはそちらに専門家が多いからって」

「そうだったのね。でもいいの？　王都に行ってほしくない、って言ってたじゃない？」

「あれは、私のワガママです。ライナスも気にしてこちらで治療すると言っていたんですが、王都の専門家に掛かった方が治りが早いなら絶対にそちらを選ぶべき、と送り出しました」

あとは、と言って照れたようにはにかむ。

「私も、白魔術の勉強を始めたんですよ。現地聖女様が使うような癒やしの魔法を」

「えっそうなの⁉　すごいじゃない」

「まだまだ初級の教本も四苦八苦ですけどね。いつか、ライナスを癒やしてあげたいと思って！」

ルーネは確かな言葉で答える。あのときの揺らぎはもはや微塵も感じられない。自分よりもずっと年下なのに、本当にしっかりした子だと思う。

「ルーネはすごいなあと思うわ。感情に惑わされないし、勇敢だし」

「そ、そんな風に言われると照れますね」

えへへ、と笑ってからルーネは頬を赤らめた。

「私も前は引っ込み思案だったし、くよくよ迷う性質だったんです。いまでもそうです。ライナスのこと以外では迷いまくりで。でも……ライナスは一番大事な人だから、迷わないんです。これだけは、一番の道しか選びたくないから」

パイの最後のかけらをフォークでつつきながらルーネが目を細める。

「私は何の取り柄もない、特にすごい力も持っていないダークエルフの女の子だと思いますが、ライナスのために最高の行動をするという、それだけは譲れなかったんです」

勇気だろうか、それとも決意と言えばいいのか。その二つが混ざり合って彼女の表情に飾り気のない誇りを与えている。日の光に照らされるルーネの姿がいまのマリアには眩しかった。

「私は大人だけど、ルーネほど勇気が出なくて。臆病なのよね。反省したわ」

「聖女様は十分勇敢だと思いますけれど。あの西の森でも大活躍だったじゃないですか」

「あのときは必死で。そうじゃなくて、いろいろ考えて決断するときのこと。くよくよ考えて、回り道して、なんだか自分でも嫌になっちゃって」

でも、とマリアは明るい気持ちで顔を上げた。

「ここのみんなが優しくてね。だんだん元気になってきたわ。ルーネもありがとう。勇気をもらった感じがする」

「それは良かった！」

そうだ、とルーネは手を叩いた。

「いいものがあるんです。もっと勇気が出るお守り。お婆ちゃんが私にくれたんですけど、握ってると本当に勇気が出てくる感じで……今度持ってきますね。あ、もう星祭りの日になっちゃうかな」

「そんなもの、いただいてもいいの？」

「もちろん。私がクヨクヨ悩んでいたときに効果絶大で、たくさん勇気が出たので！　星祭りの日は我が家もパイ屋さんを出すので、ぜひ寄ってください！」

ルーネは空っぽの皿とカップを持って立ち上がった。

「この後、先生のところで白魔術の修行なので失礼します。星祭り、楽しみですね！」

楽しげに言ってから軽やかに走り出す。その後ろ姿を見送りながらマリアは自分自身の心も軽くなったような気がしていた。

この場所で、みんなの言葉に助けられている。

ジョアンナの助力、委員会のみんなの明るさ、ルーネの勇気……それにヴィクトルの気遣い。

そうだ、せっかくヴィクトルが自分をこの国に招いてくれたのだから、いつまでも悩んでいないで、一歩ずつでも進んでいかなきゃ。

この国で見つけた、自分だけの道を、自分なりの歩調で……。

マリアの髪を、優しい午後の風が揺らしていった。


夕暮れの空に、ポン、ポン、と花火が打ち上がる。

星祭りの一日目。夜の部の開始を迎えていた。

名前の通り、星祭りは天の星へ旅立った愛おしい人たちの思い出を飾るための祝祭だ。

昼間の会場も明るく賑わうが、本番となる夜にはさらに人が増え、催し物も増える。通りには様々な露店が立ち、ステージではダンスや曲芸が披露され、初日や二日目は夜通し騒ぐ人々で溢れかえるのだという。

「わあ、夜になるとすごい人ね！」

マリアとジョアンナは広場の救護所で感嘆のため息をついた。

二人と王宮治癒院のメンバーは委員会にお願いされて救護所に詰めていた。先ほどから引っ切りなしに酔っ払いや軽い怪我人、それに迷子までやってきてなかなかの忙しさだ。

「こんなのまだ序の口ですよ。これからどんどん、仕事を終えた大人が繰り出してくるんだから。ああ忙しい！」

カーリィが案内カードを補充しながら言う。彼女はいつものエプロンではなく、胸元をレースで覆い、袖が広がった美しいドレスを纏っていた。頭を飾る花冠は濃淡のある紫色で、この時期の花であるブラッドジャカランダを編み込んであるようだ。

紫のこのドレスと花冠の組み合わせはブラッドブレードの民族衣装らしい。男性は同じデザインで胸元の開かない、詰め襟の服をブーツに合わせている。祭りに参加する人も半数は似たような衣装を着ていて、そこかしこでさざめき笑う様は花が舞うような華やかさだ。子供などは抱き上げたくなるような可愛さを振りまいていた。

「私はダルメリアの端っこの生まれなんですが、小さい頃はこの星祭り案内カードが楽しみでしてねえ。毎年きちんと集めていたものです」

白髪のアゼルムス院長もまた花飾りをつけたまま、嬉しそうな眼差しでカードを見つめた。マリアも一枚取ってみたが、多色印刷が施されたカードは芸術品のように美しかった。

「このカードはどこの星祭りでもあるものなんですか？」

マリアが聞くと、おや、といった顔でアゼルムスが首を傾げる。

「ええ、そうですよ。聖女マリアもダルメリアに住んでいたのですよね？　召喚は四年前とお聞きしていますが、星祭りには……」

「実は、忙しくて一度も行ったことがないんです」

「なんと！　聖女庁の忙しさは噂で聞いていましたが、ひどいものですね。人生の楽しみをなんだと思っているのか」

憤慨するアゼルムスを、まあまあ、とマリアはなだめる。

「その埋め合わせをここでしてもらっているようなものですから、ありがたいです」

「といってもまだマリア様は祭りを楽しんでいないじゃありませんか？」

ジョアンナが頬杖をついて唇を突き出す。

「ほんと、早く行きたいですよね。交替人員はまだかしら！」

予定ではこの後、街の治癒院のメンバーがバトンタッチしてくれることになっている。王宮メンバーは晴れて自由の身となり、ようやく祭りに参加できるのだ。アゼルムス院長などは先ほどからグミの実のビールが楽しみだとそわそわしているし、その話を聞いていたらマリアも気になってきた。後で飲んでみようかな。

「あ、来た来た！」

広場の向こう、手を振りながら走ってくるのは交替のメンバーだった。マリアとジョアンナ、アゼルムスも一気に笑顔になった。

「さて、それじゃあどこへ行きましょうか」

無事に交替メンバーへ引き継ぎを終え、マリアは広場でジョアンナに声を掛ける。

　だがジョアンナは、ちょっと、と何か言いたげに顔を上げた。歯切れが悪い。

「……ごめんなさい、マリア様！　実は一緒には回れないのです！」

「ええっ⁉」

「星祭りの夜は、親や兄弟、友人よりも、好きな人と回ることを優先していい決まりなんです。なので……」

　チラリと見た方向からジョアンナと同じコボルト族の男性が走ってくる。その姿には見覚えがあった。

「あれは……このあいだ西の森へ来てくれた、王宮騎士の」

　ハア、とため息をついて立ち止まった彼は、綺麗な仕草で敬礼をする。その隣に寄り添うようにジョアンナが立った。あ、そういうこと？

「この間守ってくれて、その姿がまあカッコよくてですね。私から告白しちゃいました」

「な、なんと……ジョアンナ、積極的だわ……」

「へへ、祭りは一年に一度きり、人生も一度きりですからね。ああ、そうそう、マリア様とお祭りを回ってくださる方はいま来ますので、しばしお待ちを」

「私と？」

　マリアはドキリとした。一体、それは。

「あ、聖女様じゃないですか！」

声を掛けてきたのは委員会の青年たちだ。

「これから非番ですか？　俺たちももう終わりなんですよね」

「あ、もしよかったら、一緒に回りませんか!?」

マリアが答える前にジョアンナが首を振る。

「あんたたち、マリア様には先約が……」

「すまない、遅くなった」

低い声に全員がそちらを見て、目を丸くした。

「ヴィクトルさま……！」

すぐ後ろに立っていたヴィクトルは、いつもの黒いフロックコートではない。

彼もまた、皆と同じようにあの民族衣装を纏っていた。

詰め襟に飾りボタン、袖の広がった長い外套がよく似合う。黒いブーツと頭の飾りもあってまるでひとつの彫刻のよう。

彼は黒い手袋をはめた手をスッと差し出し、一礼する。

一礼したまま……だが次の言葉が出ない。

見れば、顔がハチャメチャに険しい表情を浮かべている……！

「……せ、聖女、今日は一緒に回ってもらいたいのだが、どうだろうか？」

マリアは目を丸くした。同時に顔が真っ赤になる。

こ、これはどういうこと？　一緒に回ろうって、つまり誘ってもらっているわけで。

ハッとして周囲を見ればジョアンナがニヤニヤと、それ以外の人はザワザワしながらこちらを見つめている。ちょっと、いやけっこう恥ずかしいかも！

でも、どうしてヴィクトル様は私のこと誘ってくれたんだろう？

もしかして……。

そこへ小さな声が掛かった。

「聖女様っ、これ！」

駆け寄ってきたのはルーネだ。こそっとした仕草でマリアの手に何かを握らせる。

「勇気のお守り、必要だと思って！」

さっと去って行く先には杖をついたライナスがいた。マリアと目が合うと、彼はぺこりとお辞儀をした。

半ば呆気に取られつつ手を開くと、中には小さなお守りがあった。焼き印を押してある木製の護符、美しい飾り紐。ところどころすり切れかけた紐がぬくもりを感じさせる。

そうだ、勇気を出さなきゃ。

マリアはぎゅっと握り、急いでカバンにしまうと、思い切ってヴィクトルの手に自分の手を重ねた。

「わ、わ、私でよければっ！　お供します！」

わっと周囲が声を上げる。恥ずかしくてもう顔がパンパンになりそうだけど、その恥ずかしささえちょっと嬉しい。

ヴィクトルもようやく、はにかんだように微笑んだ。

「ありがとう、聖女……まずは連れて行きたい場所がある」

「えっ」

大きな手がマリアを引き寄せ、抱き上げようとした。わわっ、と叫んでマリアは彼の手を逃れる。さすがにみんなに見られている中でお姫様抱っこなんかされたら恥ずかしさで気絶する自信がある。

「ま、待ってください、私はもうすっかり回復しています！　それに、お祭りは歩いて楽しむものでは!?」

マリアの言葉にヴィクトルは固まったようにこちらを見つめた。

それからゆるゆると姿勢を戻し、ふむ、と考え込む。

「そういうものか」

「ええ、ええ、そうですよ！」

「では改めて……行こう、聖女」

ヴィクトルが差し出した手に、マリアはおずおずと、それでも勇気を持って手を重ねる。

「はい、喜んで！」

二人は周囲の歓声を背に、寄り添いながら広場を歩き出した。

まずヴィクトルが連れて行ったのは、瀟洒なドレステリアだった。

中に入ると店員たちがさっと一礼してくれる。その中でもっとも老齢の女性にヴィクトルは顔を向けた。

「注文しておいたものを」

「はい、できあがっておりますよ。……聖女様、どうぞこちらへ」

黒いベストを着た女性は六十歳くらい。いかにも仕立て職人といった風情できりりとした表情を浮かべている。注文しておいたものってなんだろう？　マリアは彼女の後に付いていった。

「聖女様、はじめまして。仕立て屋のプリストルでございます。一ヶ月程前にヴィクトル様からご注文いただきまして、私どもも心を込めてつくらせていただきました」

試着室の中、トルソには民族衣装のドレスが掛かっていた。

「もしかして、私に……？」

「そうです。さあ、お着替えをさせてくださいませ。最後の調整をいたしませんと」

だがプリストルの言葉に反し、ドレスの調整はほとんどいらなかった。身に纏った衣装は驚くほどぴったりと身体に寄り添った。レースで隠された控えめな胸元、ふんわりと広がるフレアの裾。くるりと回ればほぼ円形に弧を描き、これまたレース作りの美しいパニエが追随するように優雅に翻った。

袖の長さもぴったりで、最後に白い手袋と頭に花冠を載せれば完成だ。

プリストルが、ふむ、とマリアを眺める。

「聖女様、お化粧もさせていただいてよろしゅうございますか？　おそらくお仕事帰りと存じますが……」

「あっ、お化粧落ちちゃってます⁉」

マリアはもともと仕事柄、化粧が薄い。おまけに午前から忙しく立ち働いていたらすっかりスッピンになっているのは当然だろう。

「落ちた化粧は働く女の証明書でございます。誇るべき証拠でございますが、今日は晴れの祭り。星にも負けないよう、華やかに上書きさせていただきますね」

言うが早いか、プリストルは大きな化粧バッグを取り出し、瞬く間にマリアの顔へ彩りを加えていった。

ようやくできあがった姿を見たマリアは思わずため息を漏らしてしまった。

水色の髪に同じ色の瞳。

身体には優雅な薄紫のドレスを纏い、繊細なレースが揺れている。

頭にかぶった花冠もお化粧も華やかで、本当に自分とは別の人がいるような気がした。

「こ、これが……私の……」

「お美しゅうございます、聖女様。さあ、ヴィクトル様にご覧に入れましょう」

キビキビとしたプリストルに導かれ、マリアは再び仕立て屋のメインフロアに戻った。

「ヴィクトル様、いかがでございましょうか？」

壁にもたれて待っていたヴィクトルが目を丸くする。何か言いかけ、その口元を押さえてから考え込む。険しい顔だが。

「……とても、綺麗だ」

表情とは裏腹に、言葉は優しい。もうそれだけで十分な気がして、マリアはニッコリと笑った。

「行ってらっしゃいませ、どうぞ星祭りをお楽しみになって」

プリストルの深いお辞儀に送り出されると、辺りはすっかり夜の様相となっていた。

美しい装飾に立ち並ぶ屋台。美味しそうな匂いと色とりどりに煌めく灯り。

これぞお祭り、という雰囲気にマリアはテンションが上がるのを感じた。

前の世界でも忙しくて、大人になってからはお祭りなんか行っていなかったな。これが十年ぶりのお祭り参加にもなるから、意味もなく嬉しくなるのも当然だろう。

おまけに。

「あら、聖女様！　まあ綺麗だこと！　ヴィクトル様とご一緒なのね、うふふカーリーポテト、召し上がりませんか。差し上げますよ！」

「おっ聖女様⁉　……とヴィクトル様！　こりゃあ大変だ、グミのビールを大ジョッキで持ってってくださいよ！　いや本当にたいした美人ですね！　こりゃあすごいな」

露店も商店も、道を歩く人も声を掛けてくれる。ほとんどは委員会や治癒院で見知った人々だが、中には西の森での事件を新聞で読み、マリアの具合を心配してくれる者もいた。そのたびに照れたり喜んだりと忙しいマリアだが、嬉しいことに変わりはない。

まだここに来て一ヶ月と少しなのに、聖女庁で働いていたときの何倍もの知り合いがいる。なんだか不思議で、それ以上にありがたくて、マリアの胸はじんと温かくなった。

おまけに隣にはヴィクトルがいるのだ。

「わあ、このビール本当にデッカいですねえ。飲みきれるかな」

「聖女、独りで飲むつもりなのか……⁉」

木陰の野外テーブルに座りながら二人で会話とお祭りの軽食を楽しむ。こうして長くヴィクトルと話すのは久しぶりかもしれない。いや、仕事から離れてこうするのは初めてか。

「以前の世界では飲酒は？」

「忙しい合間によく飲んでいました。というか毎晩ビールを一缶……一杯って感じですね。ヴィクトル様は？」

「たまに王宮でマルクスと嗜むくらいか」

「意外と飲まないんですね！」

さすがに一ヶ月ほど一緒にいたから、雑談は途切れることなく続いていく。ただヴィクトルはその合間に、いつもとは違った眼差しでじっと見つめてくるのだ。マリアは嬉しいやら、楽しいやら、照れくさいやら。ずっと胸がドキドキしっぱなし。きっとビールを飲んだせいもあるのだろう。

こんな街中で二人きりなんて危ないのでは、とも思ったが、よく見ればヴィクトルの後ろには複数の護衛が控えている。まるっきり二人というわけでもなく、それが少しだけ心を落ち着かせてくれていた。本当の二人きりだったらもっとドキドキして話せないところだった。

こうしているとなんだか不思議だ。

いつもは二人で話したり、出かけたりしているのに、面と向かって「一緒に行動しよう」と言われるとときめきが止まらない。しっかりしなきゃ、と思うのだけれど、心が浮き足立ってしまう。

軽い食事を終え、再び歩き出したマリアは露店のアクセサリー店に立ち止まる。

「これ可愛い！　素敵ですねえ」

台に載っていたのは紫色をしたガラス細工のアクセサリーセットだった。煌めくような色合いのネックレスとイヤリングがセットで並んでいる。

「買ってやろう」

ヴィクトルの言葉にマリアはぶんぶんと首を振る。

「えっ、そんな、悪いですよ！　私も働いていますし」

ヴィクトルは何か言いかけたが、少し考えてから、じゃあ、と頷いた。

「聖女も、私に何か買ってくれればいい。お互いに交換すれば公平では」

「それはいいですね！　ではここはお言葉に甘えて」

マリアの前でヴィクトルはアクセサリーセットを店主に指さす。慌てた店主はそのままくれようとしたが、ヴィクトルはきちんと自分でお金を払った。

それからふとこちらを見る。

「つけていくか？」

「そうします！」

マリアは受け取ったネックレス、それにイヤリングを丁寧につけた。紫色のドレスに同じ色のアクセサリー。ガラスの涼しげな色合いがすごくぴったりだ。

「どうでしょう？」

うん、とヴィクトルは小さく微笑んだ。

「似合っている。聖女は何でも似合うな」

「えへへ、褒めても何も出ませんよ……あ、ヴィクトル様にこの腕輪はどうでしょう？」

隣に出ていた木工店の商品にマリアは目をとめた。しっかりした黒い木製の腕輪に祈りの聖句が彫られている。

「入るだろうか」

「試してみていいですか？」

マリアが尋ねると木工店の店主は首がもげるほど頷いた。

ヴィクトルの手につけてみればこれもしっくりと似合う。なるほど、染色ではなく黒い樹木から輪を彫り出した一品なのか。ねじれの入った滑らかな形が自然で美しかった。

「これはいい品だな」

ヴィクトルの言葉にマリアも店主も笑顔になる。

「本当、とても似合っていますよ！　じゃあこれを私からヴィクトル様に贈りますね！　つけていかれますか？」

「もちろん」

ヴィクトルもはにかんだように頷いた。

お金を払ったマリアの後ろで再び花火の音が鳴った。今度は大きい。

「飾り花火が始まったんだ。聖女、いい場所を知っている。行こう」

ヴィクトルが熱っぽくこちらの手を握る。その様子が少年のようで、情熱的で、マリアは思わず照れそうになった。でも照れたら止めてしまうかもしれない。だったら受け入れよう。

「は、はいっ」

彼の手を握り直し、足早に付いていく。最高に胸が高鳴っているが、さっきのビールが回り始めたのか、それともときめきのせいか、両方かもしれない。

しばらく歩くとそこは会場の南、小高い丘の上だった。

会場から少し離れただけなのに、ほとんど人気がない。まばらな木々の間に遊歩道が通って、その脇にベンチも置かれていた。木立の中の公園といったところだろうか。

「ここは穴場でな。木々が多いので花火が見える場所は少ないが……ほら、場所を選べば」

丘の頂上に出た辺りで木立が切れた。ヴィクトルが空を指さすと、ちょうどそこに大輪の花火が咲いたところだった。

「わあ、すごい……！」

この世界の花火は前の世界とは違い、本当に花の形をしている。魔法で火薬を制御しているらしく、製造するときに花の形を刻印するのだとか。前の世界の花火は派手な印象だったが、この世界の花火は繊細な絵画か彫刻のようだ。夜空に浮かび上がる光の芸術にマリアは息を詰めて見とれてしまった。

隣ではヴィクトルも夜空を見上げている。

最初に出会ったときも、そういえば二人は同じ花を見ていたな。

リストラされて、広場で泣きそうなところを、ヴィクトルが花束ごと割り込んでくれて。

「立ったままでは疲れないか、聖女」

「あ、はい……」

返事を聞くと同時にヴィクトルはマリアを抱き上げ、今度こそお姫様抱っこをしたままベンチの一つへ腰掛けた。マリアの胸はもう爆発寸前だ。

さっきまでなら断っただろうけど、いまはもう周囲に知り合いもいない。素直に受け入れても許されるはずだ。

「す、すみませんっ、ありがとうございます……」

「いい、ここへ連れてきたのは私だ。このくらいはさせてもらおう」

それにしても、とヴィクトルは首を傾げた。

「聖女はなぜこういった行為を嫌がるのだ？　お前の好きな物語ではどれも……」

ハッとして口を閉じる。

マリアは目を瞬かせた。

ポン、ポンと連続で上がり始めた花火を背後に聞きながら、マリアはヴィクトルを見つめた。

いま、なんて言ったの？　私の好きな物語？　少女小説のことよね？

いや、雑談で話したことがあるかもしれない。でもこの一ヶ月の間に『どれも』と言えるほど読んだというの？

脳裏に蘇るのは、王宮にあったあの少女小説。そもそも誰があんなに買ったのか。

そして……マリアは黒い狼のところへ自分の少女小説を置いてきたことがあるのだ。

ポケットの中にはあのお守りが入っている。マリアはきゅっと表情を引き締めてからヴィクトルに目を向けた。

「あ、あの、ヴィクトル様……教えていただきたいのですが。ヴィクトル様の本当の姿は、黒い狼、でいらっしゃいますか？　戦争直後、私がこの国に来たときに出会った……」

ポン、と花火が弾けて二人の間に沈黙を生んだ。

ヴィクトルは長い間黙っていた。マリアを見る目が少しだけ怖くて、切ない。

やがて彼は静かに息を吐いた。

「……そうだ、と言ったら」

マリアはゆっくりと目を見開き、それからヴィクトルの手を握りしめた。

「よかった……あの牢獄から、無事に抜け出せて、完治なさったんですね……」

思わず目が潤んでしまう。やはり予想は正しかったのだ。

「では、西の森で私を助けてくださったのも」

「そうだ。マルクスたちと共に森へ入り、お前の危機を感じたので、ああした。驚かせて悪かった」

「悪かっただなんて、そんな……。でも、どうして黙っていたんですか?」

マリアはぎゅっと手を握りしめたまま、大きな息をついた。すべてが繋がった気がする。何て言ったらいいかわからない。

ヴィクトルは目を細めてマリアを眺めた後、少し遠い眼差しで夜空を見た。

「どこから話せばいいか……あの三年前の戦争の後。私は王宮の地下牢に繋がれていた」

「魔王、だからですか?」

「違う。ダルバートの王子や聖女たちは適切に接してくれた。原因は、彼らがどれだけ説得しても私が狼の獣化を解かなかったためだ。危険だと判断したダルバートの要人たちは私を牢に繋ぐしか無かった」

「なぜ、獣化を? お体に差し障ったのでは?」

魔族には自分の姿を変化できる種族も多い。けれどそのために使うのは自分の寿命だ。長く継続すると危険を伴うはず。

「まさにそのためだ。私は、あの場で死にたかった」

ふうっと息を吐き出してヴィクトルは俯いた。

「あの戦争は避けられないものだった。ダルバート側には完全併合を主張する者が、こちらには前王の謳《うた》った徹底抗戦をいまだ引きずる者がいた。どちらも納得させる形で戦争を終了するには、王都での短期決戦と余力を残した形での講和しかなかったのだ。だが……私はそのままこの世を去りたかった」

「ど、どうして……」

「希望がなかったから」

ヴィクトルは顔を上げ、マリアを見た。

「元々戦争を望んでいたのは前王である私の父だ。ダルバート領への度重なる襲撃と略奪、神託が重なってダルバートは第五次勇魔戦争の派兵を決めたと聞く。けれど、侵攻の最中に病気療養していたエイダが亡くなり、戦争の初期で父も亡くなった。愛する者も、束縛する者もいなくなり、国も私のものではなくなった。私は生きる意味を失っていたのだ」

マリアは深く息を吐いた。エイダ。それは彼の最愛の人。父王も、国さえ自分の手から離れていったのなら、その心境に陥るのも無理はない。

「私の一族の寿命は長い。それでもずっと獣化していればすぐに尽きるだろうと思った。おそらくお前と一緒にいた二ヶ月の間で、百年ほどの寿命を使っただろう」

「百年も⁉」

「使い道のない人生など必要がない。自暴自棄になっていた私をダルバート側も理解していたのだろう。牢に繋がれ、持て余され……そして聖女マリア、お前が来た」

ヴィクトルが微笑む。

「失意に沈む私にお前は優しかった。こちらが無反応でも声を掛け、治癒の術を掛け、食事や果実を運び続けてくれた。お前にとっては仕事の一つにすぎなかったかもしれない。だが私にとって毎日のようにやってくるお前はやがて生きる光になっていったのだ」

夜空に上がる花火がヴィクトルの、マリアの顔を照らす。

「お前が唐突に帰国してから、私は空しさを感じた。そこでようやく……お前がどれだけ私にとって大切だったのか思い知らされた」

すっとヴィクトルの手が伸びてマリアの頬を撫でる。

「私はお前との再会のために生き続けようと思った。最後のころはお前に会いたいがために獣化していたが、それを解き、人の姿に戻ってダルバート側との交渉に臨んだ。半年ほどで新しい国政の制度が整い、さらに公都ブラドゥーンを修復するのに一年。それ以外の平定も見届け、お前を探し始めたところで聖女長と話をすることが出来てな。追放《リストラ》の計画を聞き、こちらの準備を整えた上で迎えに行ったというわけだ」

ヴィクトルは表情を緩めた。

「こうして迎えられて、本当に良かったと思っている。本当に……再会できて良かった」

言いながら手を握ってくれる。その仕草が優しい。嬉しく思いながらも、でもこれは恩返しなのだと自分に言い聞かせる。あのとき牢獄でしたことの恩を、返しているだけ……なのかしら？　本当に？

「どうしてあの狼であることを隠していたのですか？」

「あのときのことを、お前が覚えていなかったら、と思ったのだ。何もかも覚えていなかったらと。それに獣と化すことはダルバートの王子にも黙っているように言われていた。あくまで人間の大公となり、属国となったのだから」

だが、と言ってヴィクトルはこちらの手の爪にキスをした。

「西の森で追い詰められたお前を見たとき、そんなことは吹き飛んでいた。気付けば獣と化して飛びかかっていたのも仕方ないだろう。なによりもお前の無事が一番だから」

「ヴィクトル様……」

「そうだ。そこで深く思い知らされたのだ。この国に来てからのお前が、どんなに大切な、大きな存在になっていたかということを」

ヴィクトルがこちらを見つめる。自然な流れで手が伸ばされ、抱き寄せられる。

「嫌だったら言ってほしい。すぐにでも止めよう。そうでないなら、こうしていてほしい。マリア、お前が好きだ」

マリアはびくんと身体を震わせた。感じたことのない衝動が背筋を駆け上がっていく。

喜びと安堵、それにわずかな不安。

「でも、ヴィクトル様……エイダ様は……」

うん？　とヴィクトルは驚いたように身体を離し、首を傾げた。

「なぜいま、エイダのことが？」

「ええと、だって、最愛の人って……」

初めてきょとんとした顔を見せたヴィクトルは、次の瞬間小さく頷いた。

「ああ、なるほど、私がそう言ったのだな。エイダは最愛の人ではあるが、私の母代わりで、教育係だった。それに、マルクスの妻でもあった……二人の間にはもう大きくなった孫までいる」

「マルクスさんの奥様⁉」

マリアは目を丸くした。確かにマルクスは父親世代よりもずいぶん年齢が上だ。だがそう考えればすべてに合点がいく。ヴィクトルの育ての親であり教育係で、魔王宮の侍女長として新任のジョアンナを指導して。

心の中の最後のわだかまりが消えていく。マリアは喜びが全身に満ちていくのを感じた。思わず力が抜けてヴィクトルに寄りかかってしまう。

「どうした⁉　具合でも？」

「い、いえ、一気に安心して……」

すぐ側にヴィクトルの顔がある。その表情は静かな微笑を湛えていた。そうして見つめてくれるのが嬉しい。

そうだ、もう一つ。

「あの、出会ったときからの疑問なのですが、私を険しい顔で見つめたり、それなのにお姫様抱っこしてくださったり、なんというか、あれは……どこから学んだ仕草だったのですか？　人間らしい行動、と言ってもなんだか少し違うような」

「それは、その」

ヴィクトルは顔を赤らめ、照れくさいような表情を浮かべる。

「お前が少女小説が好きだと知って、その、勉強して……真似て、みたのだが、上手くいっていなかっただろうか……こう、魅力的な眼差しで見つめてみたり……微笑みかけてみたり……それから抱き上げたり、キスをしたり、そういう」

今度はマリアが驚く番だった。

ヴィクトルのあれは、少女小説を真似た仕草だったのだ。不器用で、強引で、うまくいかずにあんな表情になっていただけで！

「少女小説で……勉強までしてくださったんですか!?」

「当たり前だ。お前と再会した時に、できる限りの満足を与えようと」

ヴィクトルの険しい顔と態度の正体。それは私のためを思ってしてくれたことだった。

じんわりと、心の奥から嬉しさがこみ上げてくる。

「そう……だったんですね。ありがとうございます……嬉しい……」

マリアはようやく身体の力を抜き、彼の胸にもたれた。

思い返せばヴィクトルからたくさんのものをもらった気がする。

この国に招待してくれたのもヴィクトルだし、仲間を作るきっかけをくれたのも彼だ。森では助けてくれて、おまけに介抱までしてくれて。

「私、ヴィクトル様に助けてもらいっぱなしですね。これはどうやったらお返しできるのでしょうか」

「お前がしてくれたことに返しているだけだ。気遣いはいらないが」

だが、と言ってヴィクトルはマリアの耳元でそっと囁いた。

「もしも、返してくれるというのなら……お前が欲しい」

「わ、私、を」

マリアは目を瞬かせた。

二人の気持ちを高めるように花火が打ち上がる。ヴィクトルはマリアに向き合うと、紫の瞳に花を映しながら微笑んだ。

「ああ、そうだ、マリア。改めて言う。三年前に出会い、優しくしてもらってから、片時も忘れたことはなかった。私はお前が欲しい。愛しているから」

いいだろうか？　と聞かれて、マリアはゆっくりと頷いた。

「よかった」

こちらの顎に指が掛かり、顔が近付く。そっと唇が触れ合い、温度が伝わってくる。喜

びを覚えながらマリアはそっと彼に寄り添った。口づけが深く、熱くなる。

はあ、と唇を離した二人の向こうで夜空の光が散っていく。

マリアは息を吐き出すと、ゆるゆると彼を見上げた。

「私も……ヴィクトル様が好きです……もう、しばらく前から、ずっと……」

ヴィクトルは軽く目を見開き、それから勢いよくマリアを抱きしめた。

「……今夜はお前を離さない。いいな?」

低い声で囁かれる。その言葉を聞くだけで耳から痺れそう。

マリアは震える小さな声で、もちろん、と答えた。二人を祝福するように、いっそう大きな花火が上がった。

マリアがどさりとベッドの上に落とされたとき、窓の向こうに花火が見えた。

だがすぐに光がかき消される。ヴィクトルが上に覆い被さってきたからだ。

「綺麗だ、マリア……」

シーツの上に散らばった髪を彼の手が掬い上げる。さらさらと零れ落ちるそれに最後の花火の光が宿ったようにも見えた。

他の委員に挨拶を済ませ、二人は足早に王宮に戻ってきた。ヴィクトルはそのまま寝室にマリアを連れ込み、キスの雨を浴びせた。もどかしい手つきでドレスや花冠を脱がせ、抱き上げてベッドに。

ヴィクトルが纏っているのはシャツ一枚、逞しい胸板があらわになっている。汗ばんだ身体に頬を付け、マリアは否応なく鼓動が高まるのを感じた。何もかも初めてで、流されるのを止められない。

「ヴィクトル、さま……」

ベッドに横たえられたマリアはすでに下着姿だ。白くて少し長いキャミソールとブラ代わりのバンドとショーツ。裸も同然の姿をじっとヴィクトルに見つめられるのが恥ずかしくて、そっと眼を背けた。

「見ないで、ください……こんな……」

「その言葉ごと欲しくなってしまうな」

ヴィクトルは荒い動作で唇を塞ぎ、マリアの頭をシーツに押しつける。

「ん……！」

かさついた唇。クリームを塗ってあげなくては、と思う間もなく口の中へ分厚い舌が入り込んできた。こちらの舌に触れ、絡まり、吸い上げられる。急な刺激に思わずシーツを強く摑んでしまう。

「ふ、……！」

ヴィクトルは角度を変え、舌で口腔を蹂躙《じゅうりん》していく。舌を絡められ、中を混ぜられるたびにマリアの喉から熱っぽい息が漏れた。じんと頭の芯から痺れるようだ。息が苦しい。でも逃げられない。溢れる唾液を掬い取られ、刺激で知らない快感が呼び起こされる。

「は、あっ」

ようやく解放され、マリアは大きく息を吐いた。身体の奥がじわりと熱い。この熱はどこから……。

その首筋にヴィクトルはきつくキスをする。

「あ、そんなに、強くっ……」

「私のものだ。印を付けておかなければ」

ヴィクトルは次々にキスを落としていく。鎖骨へ、肩へ、そして胸へ。下着とブラを剝ぎ取られると、白い乳房が夜気にあらわになった。ふるりと震えるそこへもヴィクトルはキスを落とした。

「綺麗な身体だ。白くて」

「は、恥ずかしい、です、……」

「褒めているのだ、恥ずかしがる必要はない」

ヴィクトルは再びキスをすると、片方の胸を手で包み込んだ。やわやわと優しく、雛を撫でるような動きにマリアは身もだえする。彼の手は大きい。包み込まれてもまれるとすぐに胸の先が立ち上がってしまう。

前の世界でも男性と付き合ったことはある。けれど、こんな関係になる前にマリアの忙しさで疎遠になってしまい、肌を触れ合わせるには至らなかった。

それが、異世界で、元魔王に、こんな……。

マリアの戸惑いを置き去りに、ヴィクトルはぺろりと胸先を舐めた。びくんとマリアの肩が揺れる。

そこを押さえつけ、ヴィクトルはマリアの胸先を深く口腔に含んだ。

「あ、やッ……！」

鋭い刺激が伝わり、マリアが腰を捻る。だが、のしかかったヴィクトルの大きさと重さに動くことができない。そのまま胸の芽を吸い上げられてマリアは悲鳴のような嬌声を上げた。

「そ、んなに、急に……ああっ！」

応えるように、ヴィクトルが舌でちろちろと敏感な先端を弄る。みるみる尖り、ふっくらと育った蕾を、彼は深く口に含んだ。まとわりつく湿り気がさらに刺激を与える。濡れた蛇に巻かれているよう。腰の奥が跳ね上がるような衝動に駆られてしまう。

耐えられずにのけぞるが、ちゅ、とわざとらしく唇で弄られ、悲鳴じみた声が漏れた。

刺激を受けるたびに身体の奥が熱くなっていく。

「だ、めぇ……そんな……」

　身体をよじった拍子にいっそう強く抱きしめられ、ヴィクトルはもう片方の手で空いた方の胸の尖りをつまみ上げた。

「可愛らしい……どこもかしこも……」

「あんッ……！」

　肌に痺れが走る。くりりと捏ねられ、胸の先はすぐに硬く育ってしまう。瑞々しく立ち上がり、まるで茱萸《ぐみ》のように赤く色づいている。じっくりと弄られ、揉み込まれ、いやらしい粘土細工のように丹念に捏ね上げられていく。

「や、ぁあ……！」

　マリアは幼子のようにいやいやと首を打ち振るった。腰の奥が蕩けるように揺らめいてしまう。

　男女の性交ってこんなものだったの？　何もかもが初めてで頭の中がはちきれそうだ。わずかな迷いが理性をとどめているが、それをヴィクトルの指や、舌や、体温が焼き尽くしていく。腰の奥、足の間が濡れる気がして、マリアは我知らず太ももをすりあわせていた。まだそこを触られていないのに、腰骨の向こうから熱がせり上がってくる。

　ふっとヴィクトルが笑う。

「どうした？」

「あの、なんだか、身体が熱くて……」

「お前の好きな小説には詳しく書いてあっただろう？　どういうことが起きているのか」

言いながらヴィクトルはマリアの腹を撫で、秘部へと手を伸ばす。合わされた太ももを左右に開くと、彼はそのまま奥へ手を差し込んだ。

「あッ」

太い指が産毛をなぞり上げ、さらに奥の、濡れた場所を弄る。一番奥まった場所に触れられると、マリアの背をぞわりと戦慄が駆け上がった。おかしな気持ち。いやらしいのに、いやなのに、ぞくぞくして、熱くて。

「……濡れているな。もうこんなに……」

ヴィクトルが指を動かすとくちゅりと水気のある音がした。それだけでマリアは耳まで真っ赤になる。

「そ、そんなに……」

「感じやすいのだな。良いことだ」

ヴィクトルはマリアの頬にキスをすると、ぐいと手を奥へ沈めた。あ、とマリアが言う間もなく、彼の手は濡れた秘花を開き、指を差し込んでくる。

「あ、あっ」

ぐるりと花弁をなぞられ、入れられて。つぷ、と音を立ててめり込んでくると、下腹がきゅっと引き締まるようだった。指を中で回されるとおかしな感覚になる。

「あ、だめ、変な、感じで……ああっ」

ぐる、と奥を押されてマリアは腰を震わせた。穿たれた奥がぴりりと鋭い痛みを伝えてくる。ヴィクトルは眉を顰めると指を引き抜いた。

「少しキツいな。待っていろ」

ナイトテーブルの引き出しを開け、何かを取り出した。小さな瓶の蓋を開けて中身を指で取り、それをマリアの秘部に優しく塗る。一瞬、ひやりとしたが、すぐに滑らかな感触が伝わった。

「これは……」

「軟膏だ。最初の夜は痛むと聞いたから」

「ご用意なさっていたんですか?」

ヴィクトルはひっそりと笑い、マリアの額に唇を付けた。

「きちんと学習したし、準備もしていた。いつか、お前を連れ込もうと思って、な」

ゆっくりと指を動かし、今度こそ一気に奥へ差し込む。

「あん、っ……や、ぁあッ……!」

彼は丹念に指を巡らし、蜜壺をほぐしていく。マリアは息を荒げながら首を打ち振るった。

ヴィクトルの指。いつもこちらの手を取り、優しく頬を撫でてくれる指がいまは自分の中を這い回っている。

あまりに恥ずかしくて足を閉じようとするが、ヴィクトルの手にがっちりと押さえられ、身体で阻まれてしまう。

存分に中を犯してから、ヴィクトルは指を引き抜いた。秘部に顔を近付けて微笑む。

「……綺麗だ」

「そ、んな」

マリアは顔を背けた。濡れた秘花に彼の息を感じる。こんなに濡れて、こんなに近くで見られて。昂ぶった感情と恥じらいとで心が蕩けそうだ。

ヴィクトルはもう一度ふっと笑うと、頭を落としてマリアの足の間へ顔を沈めた。小さく秘部に口づけし、それからちらりと舌で陰部を舐める。これまでとは違った刺激にマリアは身もだえするが、それをがっちりと押さえつけられ、今度はキスされる。

「よく濡れている。これなら……」

上体を起こし、ヴィクトルは羽織っていたシャツを脱ぎ捨てた。着痩せをするタイプなのか、何もつけていない身体はいつもより何倍も筋肉質に見える。汗の浮かぶ身体を屈め、ヴィクトルはそっとマリアに口づけした。そのまま覆い被さり、開かれた足の間に硬いものを押し当てる。

「……いいな?」

確認するようにヴィクトルが囁く。その紫の目に映った自分を見つめながら、マリアは頷いた。静かにこみ上げてくるのは喜びと、緊張と。

その頬をいつものようにヴィクトルが撫でる。

「大丈夫、痛かったら、無理にとは言わないから」

もう一度、こくんと頷くと同時に、大きな熱いものがめりこんできた。

「やっ……あっ!」

逃げようとする腰を押さえつけ、ぐっ、と突き入れられる。隘路を割って進む感覚にマリアは身体をよじらせた。思ったような痛みはない。だがじんじんと熱い。

「大丈夫か?」

「は、い……あっ」

答える間もなくずちゅりと圧力が掛かった。みし、と音がしてさらに奥まで。あ、とひくつく声でマリアは喉を反らせた。爪先まで痺れて、わななないてしまう。

「ん、あぁ……!」

マリアの中に肉杭を沈め、ヴィクトルは大きなため息をついた。

「お前の中に……すべて入っている……ようやく一つになれたな」

「は、い……あん、ッ……」

頷く代わりに、マリアはヴィクトルの首へ手を回した。身体の中が熱い。まるで燃えるような鉄杭を埋め込まれているよう。律動するそれに合わせて膣の中がひくつく。

わずかにヴィクトルが腰を動かす。それだけでも重さを感じる。徐々に速くなり、擦り上げられて中の熱が溜まっていく。

「ひ、あっ」

足を大きく開かれ、揺さぶられてマリアは悲鳴に似た嬌声を上げた。感じすぎて涙が零れる。

彼の優しい指がそれを拭ってくれたが、軽やかな仕草に反して、下肢は獣のようにマリアの中を穿っている。肉槍が上下するたびに、じゅぷ、じゅぷと水音が鳴ってマリアは耳まで真っ赤にした。滴り落ちる愛液が恥ずかしい。でもどうにもできない。

「ああ、マリア、マリアッ……私だけの、聖女……！」

ヴィクトルがいっそう深く中を抉る。ずん、と奥まで突き上げられて。

「あ、ぁあっ……！」

腰の奥がきゅうっと収縮して、その瞬間に熱いものが溢れた。どぷんと中を押し、溢れていく。

「あ、う……」

うめくマリアを、ヴィクトルが包むように抱きしめる。そのぬくもり、大きさ。ああ、と声を上げてマリアはその身体を抱きしめた。嬉しい、ようやく……。

深い息をつき、マリアは幾度も押し寄せる快楽の波に溺れていった。


うっすらと目を開けると夜明けだった。

マリアはそっと傍らを見た。隣には全裸のヴィクトルが眠っている。逞しい胸板と腕。長いまつげが閉じられ、静かに上下している。マリアが身じろぎすると強く抱き寄せられた。肌が触れ合い、昨夜の名残がまた熱を帯びるように感じる。

そうだわ、私、この方と……。

「……起きたのか？」

ヴィクトルが眼を開け、紫の瞳にマリアを映し出す。その美しさと、こうしていられることの幸せを噛みしめながらマリアは頷いた。

ヴィクトルの手がこちらの髪を撫でる。指先に通る水色の髪がさらさらと流れてシーツの上に落ちた。それだけで、なんだか淫らに身体の奥がうずく気持ちになってしまう。

「可愛らしいな。昨日も、今朝も」

ヴィクトルはそっと額に口づける。頬を赤らめたマリアに、そうだ、と彼は身を起こした。

「お前に贈り物がある」

ヴィクトルはベッドに腰掛けると、ゆるくガウンだけを纏って隣室へと歩いて行った。ほどなく戻ってきたときには細長い包みを手にしていた。

「杖を注文するのを待たせていただろう？　これを」

するすると布を取ると、中から現れたのは美しい白い木の杖だった。枝が絡みつくような複雑な杖頭の中に水晶のような石がはめ込んである。近くに差し出されるだけで森の香りが漂ったが、その清々しさは並の杖が持つものではない。

「これを……私に？」

「ああ。手に取ってみるといい」

「は、はい」

マリアは慌ててベッドを降り、上着を羽織ると、恐る恐る手を伸ばして杖を握った。一瞬、石から淡い光が放たれ、薄紫に色が変わった。おお、とヴィクトルが息を吐く。

「認識されたようだな」

杖を眺めながらマリアは頷いた。新しい杖が主を認めた、ということだ。認識されなければ杖を使って魔力を増幅させることができない。無理に使おうとすると割れてしまうことさえあるという。

「この杖はアヴィニウス元魔王国王家のもので『芽吹きの杖』と呼ばれている。王家の中で治癒の職についたものが代々使ってきた。宝物庫に保管されていたが、相性が良ければと思って持参したのだ」

杖と術者には相性がある。工房で一から作られ調整された杖なら百%、店売りの杖ならそれなりに。工房の杖に店売りが敵わないのはそういうことだ。

ただ、代々伝わる宝杖、名杖となると話は別だ。

相手の力に合わせて形が変わり、中にはこちらの能力を驚くほど引き上げる特殊な杖もある。しかし杖が主を選ぶのは一緒だ。杖自身のプライドがあるため、より厳しいのだと言われている。

杖に変化があった、ということはひとまずマリアは持つことを許されたということだ。それも、こんなに美しい古い杖に認められるなんて。しみじみと杖を眺めていたマリアだが、慌ててヴィクトルを見た。

「しかし私などがこんな宝杖をいただいてもいいのでしょうか」

「それは、実はお前の為に用意されていた杖だ」

「えっ」

今度こそ驚いたマリアにヴィクトルは優しい、切ない目をした。

「使う者もなく古びていた杖を、来たるべきお前のために修復した者がいたのだ……それが、エイダだ」

「エイダ様が、どうして」

杖を見上げ、ヴィクトルは深く息を吐いた。

「エイダはコボルト族の巫女の血を引いていた。うっすらと未来視の能力があり、この杖が将来必要になるかもしれない、と言っていたのだ」

マリアはぎゅっと杖を握りしめた。木のぬくもりにエイダの、そしてヴィクトルのぬくもりが混じっているような気がした。

「ありがとうございます……きっと使いこなしてみせます」

「ああ、お前ならきっと」

ヴィクトルは一瞬言葉を口にとどめたが、やがて頬を赤らめて言った。

「何しろ王宮の優秀な聖女であり、私の……大切な人なのだから」

マリアは目を瞬かせた。

杖をそっと机に立てかけたマリアを、ベッドに座ったヴィクトルが抱き寄せる。

口づけをして、互いを見つめ合って、もう一度口づけをして……。

「ひとつだけ、お前に詫びることがある」

ヴィクトルは天井に視線を移し、大きく息を吐いた。

「昨日のお前との一夜、本来なら……結婚前の相手には、子が出来ないようにするべきだったのだろうが、私は知っていて、それを行わなかった。私とこうしても……お前に子が出来ることはないからだ」

　マリアは眼を見開いた。

「どうして……」

「ダルバートとの講和の条件だ。魔王の一族には子が出来ないよう、聖呪を掛けること。私の寿命を、人間並みに短くすること」

「そんな！　いくら戦争に勝ったからって、そんな、個人の自由を制限するような！」

　思わず身体を起こしたマリアにヴィクトルは嬉しそうに微笑む。

「怒ってくれるのだな、マリア。私には……それだけで十分だ」

　ヴィクトルがマリアを抱き寄せる。その温かさが、心情が、切ないほどに伝わってくる。

「お前とこうしていられるなら、それ以上の幸せはない。ずっとそばにいてくれれば、それでいい」

「ヴィクトル様……」

　マリアは息を吐き、ヴィクトルの胸に顔を埋めた。

　切ない、けれどどうすることもできない運命。

　自分は非力で、何の力も発揮できないけど……せめてずっとこの人の隣にいよう。味方で居続けよう。

　それがこの人の幸せであるなら……。

朝の淡い光がささやかな祝福のように二人を包み込んでいた。

第四章　祈りの力と通じ合う心

「清らの光よ傷を癒やせよ、聖光治癒……！」

杖の先端が輝く。柔らかな光の粒子が座っていた老婆に降り注ぐ。

光の流れが落ち着いてから、マリアは息をついた。

「いかがですか？」

「ああ、膝が痛くない、痛くないです……ありがとうございます、聖女さま！」

老婆が拝むように手を合わせ、付き添いの女性も、良かったねえ、と嬉しげに声を掛ける。マリアは微笑みながら頷いた。良かった、またひとり、心身の痛みを軽くすることができた。

「今日の治癒の効果は三日ほど。その間にご自分でよく膝を動かすことが大事です。あとはこまめな運動ですね。聖女の治癒とはいえ万能ではありません。根本原因を治すにはご自分の努力が必要です」

「このところ雨が続いていたので、ついつい散歩をサボっていて……やはり一日に少しでも歩かないと駄目ですね。本当にありがとうございました、聖女さま」

老婆はお礼を言いながら施術室を出て行く。マリアは今度こそ安堵の息をついて背もたれに大きく寄りかかった。

あの星祭りから一ヶ月。

マリアは王宮治癒官として充実した日々を送っていた。

星祭りは大成功を収め、期間中の人出は過去最多だったらしい。ブラッドブレードという新しい領地が始まって三年という区切りの年にもあたり、人々の顔は心から平和を楽しんでいるようだったとベンディクスたちは満足げだった。

星祭り実行委員会は反省会と打ち上げを経ていったん解散となったが、来年も有志を募って結成されるのだそうだ。絶対に再会しよう！　という決意をみんなで固め、委員達はそれぞれの立場へと戻っていった。

といってもみんなこの街にいるから、日常の中でちょくちょく出会えるのが嬉しい。今日もこの後、委員の一人がやっているレストランへ昼食に行くつもりだ。

ちょうど広場の時計塔の鐘が鳴り、マリアは大きく伸びをした。お昼休みの始まりだ。

「聖女マリア、お疲れさま！　今日は午前だけでしたね？」

アゼルムスがのんびりと顔を出し、マリアは頷いた。

「院長もお疲れ様でした。この後は？」

「今日の午後は幼児診療だけですし。楽しいものですよ。じゃあまた明日」

にこやかに手を振って去って行く。その後ろをコボルト族の受付嬢がチョコチョコと追いかけていくのが見えた。彼らは出前を取っていると言っていたっけ。

魔族にエルフに人間、この短期間にこんなにたくさんの知り合いができるとは思わなかった。この街に来たときは本当に驚いて、何も分からないまま呆然としていた。目の前には険しい表情のヴィクトルが座っていて……。

開いたままの戸口の向こうから、コンコンと形ばかりのノックの音が聞こえる。

クスッと笑ってマリアは顔を上げた。

「どうぞ」

「……終わったか？」

ひょい、と顔を現したのはヴィクトルだ。

マリアは急いで机の上を片付けると、カバンと杖を持って走り寄った。

「お待たせしました」

支度を整えたマリアを見てヴィクトルは満足げに頷き、腕を差し出す。そこへ自分の手を絡めてマリアは歩き出した。もうすっかり慣れた行為だが、以前より二人の距離が近くなって密着しているのは夜昼問わずに交流した成果だろう。

「急がせてしまっただろうか」

「いいえ、もう上がるところでしたから……そちらはお仕事は一段落したんですか？」

「ひとまず、な」

夏を迎えたブラッドブレードは商取引も盛んなのだという。東にはささやかながら港湾都市も所有しているし、漁港もある。砂浜沿いにリゾート開発しないか、という話まで出てきてヴィクトルも視察や会談に忙しいのだとか。

「平和ゆえの忙しさだがな。そちらも忙しいようだな。杖の調子はどうだ？」

「ええ、ある程度は使いこなせるようになってきました」

マリアは手にした杖を見つめた。

あの日、ヴィクトルと初めて結ばれたときに譲ってもらった杖『芽吹きの杖』。

その増幅効果は高く、以前なら昼過ぎには枯渇していたマリアの魔力も夜まで保つようになった。清めの力も大きく、祭りが終わって治癒院の仕事がメインになってからは毎日本当に役に立っている。

「でも……まだ、全部を使いこなせていない気がします。本当に主人と認められていないというか」

確かに増幅効果など能力は高いが、他の宝杖の逸話などに比べると能力が普通すぎる気がする。マリアの魔力が低いせいかとも思うのだが、こうして握ったときにもどこか手触りが違うのだ。

注ぎ込んだ魔力の全体量が少ないのかと思い、暇さえあれば魔力を蓄積させているのだが……なかなかうまくはいかない。

「前の杖は召喚前から共にいたのだろう？　この杖も使い込めばきっと同じようになるのではないだろうか」

「そう、ですね」

杖の馴染み具合は、実は共に過ごした時間とは比例しない。確かに通常の杖なら共に経験を積むだけで馴染むのだが、古い杖、宝杖と呼ばれるものには杖の精霊にもプライドがあるのだそうだ。主人が杖に実力を示し、杖の精霊を納得させたときに初めてその杖を『使いこなす』ことができるのだとか。

ヴィクトルの指がマリアの頬を撫でる。

「真剣に取り組むのはいいが、ずっと一つのことを真面目に考え続けてしまうのはお前の悪いクセだ。きちんと息抜きをしなければ」

まずは、と言ったところで軽くキスをしてくれる。

「二人の外食を楽しもう」

「は、はいっ」

頬が赤くなる。この嬉しさだけは一ヶ月前から変わらない。いや、もっと強くなった気がする。

星祭り初日の夜。ヴィクトルと身体を重ねたマリアは、晴れて彼の恋人となった。

ヴィクトルがあの黒い狼だったこと。

自分をずっと忘れず、探し続けてくれたこと。

出会ったときのためにマリアが好きな少女小説を手がかりにして勉強していてくれたこと。

様々な疑問が解消してみると、ヴィクトルは最初からマリアに熱意を持ってアプローチしてくれていたのだ。

ただ方法が悪く、最初は届かなかっただけ。

二人に交流が生まれてからは森が木を育てて花を開かせるように、自然で一途な心を通い合わせた。マリアの方もまた、ヴィクトルの意外な面にだんだんと惹かれていたからその腕の中に飛び込むだけでよかった。

「今日は何の店だ？　この間連れて行ってくれたコボルトシチューの店も美味しかったが」

「ああ、みんなヴィクトル様がおかわりまでしていたので喜んでましたよ。今日はパイの店です」

ヴィクトルの態度はあれから急激に変わっていった。険しい表情やぎこちない仕草がなくなり、堂々とした大人の余裕が美丈夫にさらに輝きを加えていた。

マリアがいつも側にいるからだと本人は言っていたが、おそらく的確な助言により自信を得たのだろう。周囲の人々とも穏やかに打ち解ける様子を見て、マルクスなどは泣き出す勢いでお礼を言ってくれたし、マリアも嬉しかった。

恋人は優しく、自分の生きがいも生まれた。外出も増え、毎日が本当に楽しい。

その幸せを与えてくれたのはこの国と、そこに住まう人々、それにヴィクトルなのだ。

杖のことやヴィクトルの聖呪のことなど、すべてが解決したわけではない。でも……いまは、せめてこの明るい夏の季節は、幸せに浸らせて欲しい。それはマリアが自分の人生に対して初めて願ったワガママかもしれなかった。

回廊の先には王宮広場への入り口があり、眩しい夏の光が差し込んでいる。明るい光の中へ踏み出そうとした、そのとき。

「ヴィクトル様！　マリア様！」

振り返るとマルクスが困ったような顔で立っていた。

その後ろから、男性が一人、ひょっこりと顔を出す。

「やあ、聖女マリア。久しぶりだね」

マリアは眉を顰めてから、あっと声を上げた。

「ダルバートの、クラース事務官……！」

そう、聖女時代の人事管理者であり、最初にマリアにリストラを告げた人物だ。

クラースはマリアとヴィクトルを交互に眺め、一瞬驚いたような顔になったが、すぐに人の良さそうな笑みを浮かべた。

「ユズキ様から、君が元気だと聞いていたからね。心配はしていなかったけれど……大公とここまで仲良くなっていたとは」

「え、ええ……」

何と言っていいか分からず、マリアは顔を赤らめることしかできない。

そのマリアを庇うようにヴィクトルが一歩、前に出る。

「急なお立ち寄り、歓迎するが、何用だろうか？　今日いらっしゃるとの知らせは受けていないが」

「ああ、私は封書をお渡ししに来ただけなのです。ダルバート勇者王国第一王子アンドリュー様の使いで各所領を回っておりましてね。ついでに聖女マリアが元気かどうか、顔を見させていただいただけで。でも幸せそうだから安心したよ」

クラースはのんびりと微笑した。

アンドリューといえば次期国王であり、老王に代わって勇者軍の指揮を執る第一王子だ。この異世界で最初にマリアを出迎えてくれた人物で、冷静で的確な判断を下すため国民の支持は厚い。

だが同時に、間接的に聖女や勇者軍のリストラを繰り返している人物でもあり、おそらく戦時中にヴィクトルへ『聖呪』を掛ける指示をしたのも彼だろう。マリアの中の印象は複雑だった。

差し出した封書は確かに王子の印で封がされている。表面にも署名があり、正式なもののようだ。マリアはおずおずと受け取り、ヴィクトルが眉を顰めた。

「内容は?」

「そんなに怖い顔をしなくても大丈夫。すでに聖女庁を辞めた元聖女たちに、和やかに同窓会と様子を聞く会を催すことになりまして。あとは……忘れ物も引き取っていただこうかと」

「忘れ物?」

「実は聖女庁の寮を建て直すことになり、聖女マリアの忘れ物も見つかっているのです。愛用していたカップと少女小説がいくらか……」

「えっ、本当ですか!?」

残してきた荷物はすでに送られてきたが、愛用のクマチャンを彫り込んだカップと、小説が何冊か足りなかったのは確かだ。談話室に置いておいた気もするが、いまさら取りに行くのもそれを依頼するのも嫌だと思ってそのままにしておいたのだ。

「王子もユズキ様も久しぶりに皆様の元気な顔を見たいとおっしゃっています。できれば来てほしいと思っていますが、ご都合が悪いのなら今回は見送りでも構いません」

特に、とクラースは少しだけ申し訳なさそうな顔をした。

「聖女マリア、あなたに関してはリストラを言い渡したのはこちらですし、申し訳ない気持ちもあります。ただ、今回は他の元聖女たちも来るし、和やかに聖女時代を懐かしんでいただくのも一興かと思いますよ」

のんびりしたクラースの声には裏表はない。当時からそういう人物だったから、嘘を言っているわけではなさそうだが。

「楽しい晩餐会などのご用意もありますので、ご検討の上でお返事をいただければ幸いです。ブラッドブレードの皆様に光神のご加護がありますように」

では私はこれで、とクラースは一礼し、身を翻す。

去って行く彼の背中を見送り、マリアは知らず知らず詰めていた息を吐き出した。

「大丈夫か、マリア」

ヴィクトルがそっと肩を抱いてくれる。ええ、と頷いてマリアは手の中の封書を見た。

「行くか、行かないか、お前が決めていいのだからな。どちらにしても今はもうお前はブラッドブレードの人間なのだ。過去にとらわれることはない」

「ええ」

彼の言葉によって心が和らぐ。そうだ、自分はもうたくさんのものを手に入れて、過去を振り返ることも、その必要もない。

ほんの少し、ユズキや、他の聖女たちに会ってみたい気持ちもあるけれど……。

マリアは迷う心を持て余すように、金の封蝋《ふうろう》を見つめた。


その声が聞こえたのは、灯りを消したすぐ後のことだった。

『マリア、マリア』

明日はヴィクトルの朝が早いため、今日は久しぶりに別々の部屋で寝ていたのだが、読書灯を点け、うとうとしかけたところで懐かしい声に名を呼ばれた。ユズキの声だ。

慌てて身体を起こせば、頭の近くで眠っていたはずのユールがこちらを見て、目を光らせている。これは聖召獣の遠隔操作モードだ。マリアはごくりと唾を飲み込んだ。

「ゆ、ユズキ様……」

『久しいな。夜分遅くにすまない。この時間まで忙しかったものでな……』

ブラック企業並みの激務は相変わらずのようだ。所属していたときはマリアもそうだったのだからいまがいかに幸せなことか。

「ユズキ様、相変わらずの激務なんですね。お疲れ様です。お身体は大丈夫ですか?」

マリアの声にユズキは小さく笑ったようだった。

『相変わらず優しいな、聖女マリア。そんなお前に話がある。王子アンドリューからの封書を受け取っただろう？』

「ええ」

『その様子だと中身はすでに見たな。来週の週末、王都ダルメリアにてささやかな集いがあると。対象となるのは元聖女庁所属の聖女たち。お前はどうするつもりだ？』

ええと、とマリアは俯いた。

「迷っているんです。こちらの仕事もいろいろあるし、それに……リストラのこと、あまりいい思い出ではないので」

言おうかどうしようか迷ったが、自分の気持ちを偽りなく伝えておくのも大事だとマリアはこの国に来て学んだ。本当にあのときはイヤな気持ちになったのだ。ユズキの助けがなかったらどうなっていたことか。

「ユズキ様のサポートにはとても感謝していますし、他の聖女庁の方々にもお世話になったのは事実です。だから、お礼だけでもお伝えしたいのですが、正直いまの段階では行きたくはありません」

『それは当然だ。……ずいぶんはっきりと意見を言えるようになったな、マリア』

叱られるかと思ったのに、ユズキは優しい声でマリアを褒める。はい、と嬉しい気持ちでマリアは頷いた。

『ユールと、それに各国の連絡官を通してお前の成長は見せてもらっている。ブラッドブレードとの繋がりも、大公との付き合いも』

「そうだったんですね」

少しだけ予想はしていた。なにしろユールはユズキの聖召獣であり、彼女と繋がっているのだ。西の森での事件でも目を光らせ、いつもよりも大きな力を発していたから、もしかしたら彼女が操作していたのかもしれない、とは思っていたが。

『だからこそ、お前はこの集いに出るべきだと思う。――終戦の時にブラッドブレード大公に掛けられた〝聖呪〟の話を聞いているか』

「聖呪……」

マリアは小さく息を呑んだ。

『その様子なら聞いているようだな。呪いが二つの因果を縛っていることも知っているな？』

「はい……子孫と、ヴィクトル様自身の寿命のことを」

『そこまで知っているなら、私から言えることはただ一つ。今回のダルメリアの集いで、それを解くためのカギをお前に与えられるかもしれない、ということだ』

「えっ」

声を上げたマリアに、ふうっとユズキが息を吐く。

『お前がこのブラッドブレードに馴染み、大公の隣に骨をうずめる決意があるのなら、私にも手助けをする用意がある。お前の変化と決意を見せてくれ……勇者と魔族、人間とそうでない者たちの……本当の融和を……ユールは、部屋に残して……来い……』

ユズキの声がだんだんと薄れていく。

「ゆ、ユズキ様、待ってください！」

マリアの声もむなしく、ユールの目の光はすうっと消え、元のつぶらな瞳に戻っていた。声も聞こえない。

コンコン、と控えめにノックする音がする。ジョアンナだろう。

「あの、マリア様、お部屋で何かありましたか？」

「なんでもないの、ちょっと寝ぼけちゃった」

そうですか、と引き下がる声がして、マリアは大きな息をついた。

頭の中はまだ混乱している。ダルバートの聖呪、ヴィクトルのこと……子孫と寿命。

それを、私が？

マリアは再びベッドに横たわったが、その後しばらく眠ることはできなかった。

「勇者の聖呪が、解けるかも知れないと？」

朝食の後。

マリアが言った言葉に、ヴィクトルは以前のような険しい顔を浮かべた。

「それを誰から？」

「……ダルバートの聖女長、ユズキ様からです」

ヴィクトルに嘘をつくつもりはない。マリアは昨夜の出来事をすべて話した。ユズキのことも、その内容も。

深い息をつき、ヴィクトルは談話室のソファにもたれかかった。

「子孫を残せないこと、寿命が人間並みに制限されていること。二つとも、日常に支障が出るものではない。お前がもしもそれを良しとして寄り添ってくれるなら、寿命に関しては僥倖《ぎょうこう》でさえある。お前と同じだけ生きられるというのだからな」

ヴィクトルが手を伸ばし、向かいに座ったマリアの手を握った。

「子供は……望む気持ちがないと言えば嘘になる。しかしそれよりも、マリア、お前の方が大切だ。お前が望まないのなら、ダルメリアに行かなくてもいい。少なくとも、私のために無理をすることはないのだ」

ヴィクトルの大きな手、ぬくもり。彼のすべてを愛おしく思いながら、マリアはそれでもきっぱりとした目で彼を見た。

「けれど……ヴィクトル様と私、立場が逆だったら、どうなさいましたか？」

ヴィクトルが動きを止める。

「それは」

「西の森で、ヴィクトル様は私のために危険を顧みず行動してくださいました。少なくとも今回の催しは危険があるものではありませんし、ユズキ様もいます」

「しかし……そのような連絡を入れてくること自体が、何か思惑を感じさせるような気がするのだが」

ヴィクトルの顔は険しい。紫の目には、心の底からこちらを心配する気持ちが浮かんでいる。

マリアにはその感情も分かる。立場が逆だったら、きっと自分も止めただろう。

だがすでにヴィクトルはマリアのために危険や無理を冒してくれているのだ。西の森で、そして長く地道な努力によって。

それになにより、マリアにはヴィクトルの、愛する人の呪いを解いてあげたいという強い気持ちが生まれている。

ヴィクトルを繋ぐ枷《かせ》がまだあるというのなら取り払ってあげたい。今回の会合でその鍵が得られるなら努力してでも行く価値はある。今度は私がこの人を助ける番だ。

マリアはまっすぐにヴィクトルを見つめ、手を握り直した。

「大丈夫、私はこの国で優しさをもらい、ヴィクトル様のそばで強くなりました。どういう成り行きになるか分かりませんが、今回は出席して話を聞いて来ようと思います」

「マリア……」

「心配しないで。戦時ではありませんし、予定ではたった一泊です。なんなら夜の会合が終わったらすぐに戻ってもいいでしょう。私も旧友とのお喋りを楽しんできます」

元気づけるようにわざと明るく言うと、ヴィクトルは少しだけ安堵したような表情を浮かべた。

それから考え込む。

「……マルクス」

「はい」

呼ばれたマルクスが小さくお辞儀をする。

「あの指輪を、ここへ」

「いま、でございますか？」

「予定が変わった。出かけるのが来週であれば早い方がよい」

はい、と頭を下げたマルクスは一度引き下がり、もう一度現れたときには小さな箱を持っていた。漆黒の布張りにシードパールとカラーストーンがあしらわれ、箱自体が宝飾品のようにも見える。

受け取ったヴィクトルが箱を開けると、マリアは目を瞬かせた。

「きれいな指輪……」

そこには金色の美しい指輪が輝いていた。派手な装飾というわけではない。植物の文様が丁寧に彫り込まれ、真ん中には水色の澄んだ石がはめ込まれている。

「つけてくれるか、マリア」

「私が？　いいのですか？」

ヴィクトルは立ち上がり、マリアの前に恭しく膝をついた。こちらの手を取り、大事そうにその指輪を右手の薬指にはめる。マリアはびくんと肩を震わせた。その位置は。

「本来ならきちんと婚約式を行い、そのうえで身に着けてもらうべきだと思うが、急なことで時間がない。ひとまず式や婚約の申し込みは後にして、これを黙って身に着けておいてもらいたい。これは我が魔王家に伝わる王妃の守護の指輪。ある程度の魔法攻撃、毒や麻痺に対しての防御が働くし、並の召喚獣なら強引に従わせることもできる」

すごい。だがそれ以上にドキドキを隠せない。

「あの、婚約って……王妃って、もしやこれは……」

ああ、とヴィクトルは深く頷く。

「お前には、きちんと婚約を申し込もうと思っていた。それは後ほどきちんと行う。だから……来週の会合までは、仮にこれを。お前はもう私の中で公妃も同然なのだから」

ヴィクトルがマリアの爪の先へ軽くキスを落とす。

「本当なら行かせたくない。属国として割り切ってはいるが、あの国に良い思い出ばかりではないのは私も同じなのだ。ましてや私自身のことでお前の手を煩わせるとは」

あら、とマリアは微笑む。

「ヴィクトル様が以前、おっしゃってくださった言葉をそのまま返しますね。私がそうしたいから、あなたのためにするのです」

ヴィクトルは紫の目を丸くし、そっとマリアの手を自分の額に押し当てた。

「ありがとう、マリア……」

身体は大きく、威厳もあるのに、純情で一途な人。

この人のためにも、理不尽な呪いなど打ち払ってこなければ。

マリアはいままでにない強い気持ちで自分自身に頷いた。


次の週。久しぶりに訪れた王都ダルメリアは、真夏の熱気に包まれていた。

「賑やかだけど、暑いわね……！」

馬車から降りたマリアは思わずため息をついた。

ジリジリと照り付ける南の太陽と、せわしなく行き交う人々。すでに夕方が近いというのに、路上に落ちる影の色はまだまだ濃い。街路樹の合間に咲くダルメルブーゲンビリアの赤色と鮮やかな対比を見せている。

こうしてみれば確かにダルメリアは活気のある街だ。ブラッドブレードのような地方都市とは違い、人も多いし店も多い。

王宮前広場を抜けるときには不思議な感慨に駆られた。この場所でヴィクトル様と出会ったのだ。

あれからまだ二ヶ月半。けれど本当にいろいろなことがあった気がする。

あのときと同じように子供を連れた母親が歩いていて、マリアは微笑んでしまった。この国は変わらず、変わったのは自分の方なのだろう。

「やあ、聖女マリア！　よく来てくれたね！」

懐かしい聖女庁の門をくぐるとクラースたちが出迎えてくれた。

「この間はご挨拶も短く失礼いたしました」

「いや、私こそ唐突にうかがってすまなかったね。さあこちらへ」

にこやかに挨拶しながら通されるが、ふと、マリアは足を止める。

「あの、聖女庁の中ではないのですか？」

「今日は聖女庁ではなく、隣接する王宮に通すように言われているんだ。パーティの準備ができているからってアンドリュー王子が」

「そっか、王子主催なんですものね」

アンドリュー王子。最初に聖女を出迎えてくれるダルバート勇者王国の第一王子。最初の出会い以来、あまり面識はないけれど、幾度も遠くから姿は見ている。

その王子が急に、辞めた聖女ばかりを集めるなんて。

確かにヴィクトルが警戒する理由は分かる。マリアは知らず知らずのうちに右手をぎゅっと握った。

だが歩いていくうちに他の元聖女たちも合流し、マリアの緊張は徐々に解けていった。痩せて綺麗になった人も、中には赤子を抱いた元聖女もいる。みんな和気あいあいと昔話に花を咲かせていたから、マリアも合わせて笑顔になった。もしかしたら自分だけが心配しすぎだったのかも。

大広間の前の大階段でマリアは足を止めた。

「皆、よく来てくれたな」

「ユズキ様!」

真っ白な聖女衣に最高位の帽子をかぶり、ユズキはいつものようにヒールを鳴らして降りてきた。変わらぬ姿にマリアはホッとする。

「さあ、王子がお待ちかねだ。大広間へ」

ユズキの誘導で皆が楽しげに話しながら大広間へ吸い込まれていく。

マリアの隣に来ると、ユズキはふっと小さく笑った。

「思った通りだ。強くなったな、マリア」

「そ、そうでしょうか」

「雰囲気でわかるさ。ああ、それにその杖」

ユズキは『芽吹きの杖』を見ると目を細めた。

「たくさんの思いが詰まっているようだな。だが、まだ使いこなせていないと」

マリアは黙り込んだ。なぜそこまで分かるのだろう。

「……一つだけ言っておく。この先、何があっても、お前は自分のいるべき場所を明確に意識するといい。まあ、今のお前にはこの助言も必要なかったかもしれないな。その指輪を持っているのなら」

意味深な言葉を告げ、ユズキはさらりと歩き出す。マリアは目を瞬かせた。

大広間の中にはすでに王子や聖女庁関係者が集まっていた。マリアは中に入りながら首を傾げた。思ったよりも聖女の数が少ない。二十名もいないだろうか。

たしかマリアがリストラされる直前には四級聖女が大勢辞めさせられていたし、マリアを皮切りに三級聖女も半減されると言っていたから、自分の周囲だけでも軽く百名はくだらないはずだけど……。

「やあ、元聖女諸君！　今夜はよくお集まりくださった。急なお呼びたてをして申し訳ない……ダルバート勇者王国のアンドリュー・バルバロッサ・ダルバートだ」

大広間の前方、一段高くなった場所から金髪の男性が声を張り上げる。

「君たちももう気付いているだろうが、実は近年辞めてもらった聖女すべてがこの場に呼ばれたわけではない。各国の駐在武官や、連絡官からの評価を見て……魔力の数値が倍以上に増加したとされる、いわば『大いに成長した』聖女の皆さんだけに声を掛けさせてもらった」

マリアが驚くと同時に周囲がざわめく。皆そんなことは聞いていなかったのだろう。

静粛に、と神経質そうに王子が手を叩いた。

「諸君らを召喚したダルバートとしても誇らしいし君たちも名誉だろう？　そして同時に……お願いがある。先月、次回の勇魔戦争への神託が下った。栄えある勇者軍の一員としてぜひとも従軍していただきたいのだ！」

今度こそ、ざわめきは一気に大きくなった。

マリアは愕然として杖を握りしめた。また戦争に参加しろですって？　こんなに急に私たちを集めたのは、そういうことだったのか。

そうであれば、あの西の森での盗伐も納得できる。最近になって盗伐が盛んになり、その木材の行き先がダルバートだとは聞いていたけれど……密かに再び戦争の準備が進んでいたということだ。

聖女の一人がきっぱりと手を挙げた。

「でも、私は東ラノレーン諸島に子供を置いてきています。今日は一日だけ抜けてきただけで、戦争なんてそんな長期間無理です……！」

「そうよ、私だってオークランドの治癒院の仕事があるわ」

声を上げた元聖女たちに、王子が、うーん、と首を捻る。

「なるほど、お二人は東ラノレーンとオークランドに在住か……拘束しろ」

王子の声に応じて騎士たちがさっと二人の聖女の後ろに立つ。マリアたちは目を丸くした。

「どうして……！」

「東ラノレーンは元魔族の国であり、いまも魔王が大公を務める。オークランドは中立国だ。これから魔族と戦うにあたり、国に戻って向こう側に付かれると面倒なのでね。もちろん、こちら側で従軍すると誓約するなら解放するが」

「そんな！」

王子は冷ややかだが真剣な目で聖女たちを見下ろした。

「私は君たちの能力を買っているんだ。ここにいる聖女たちはすべて特級相当の能力もしくは潜在能力を持つとの報告が上がっている。万一、敵側に付くようなことがあれば戦争を泥沼化しかねないからね」

ああ、それと、と付け加える。

「他の聖女も同じだよ。戦争に参加するか、しないのであればこのまま王宮にとどまってもらう。監禁、などという手荒なことはしないが、戦争が終わるまではここに居て貰おうと思っている。完全なるダルバート勇者王国領ならともかく、属国や辺境国などはいつダルバートに敵対するか分からないからな」

にこやかに言ってから、ふう、と覚めたように息を吐く。

「とりあえず、各人がどうするか決めてくれないか。時間を無駄にせず、合理的に進めたいのでね」

にわかに聖女たちがざわめく。背後では騎士団が密かに大広間の扉を固めているのが見えた。本当にここから出さない気のようだ。

「おいアンドリュー、そこまでの話は聞いていないぞ」

低い声を上げたのはユズキだった。

「各人に報賞を出し、参戦するかどうか決めてもらう、参戦しなかった場合は国元へ戻るという話ではなかったのか？」

「そんな話だったか？　ああ、昨日は忙しくてユズキは総会に出ていなかったな。方針は変わったんだよ」

「……私のいない日を狙って……！」

ユズキが舌打ちをしたが、王子は腕組みをしたまま表情も変えなかった。

マリアは手が白くなるくらいに杖を握りしめた。まさかヴィクトルの心配が当たってしまうとは。最悪の展開だ。

それよりも許せないのは、自分たちの融和への努力を踏みにじるような王子の主張だ。敵国に付く、ですって？　ダルバートの押しつけてきた平和を、それでも穏やかに受け入れ、融和しようと四苦八苦している人々に向かって、見てもいないくせにそんなことを言うなんて！

マリアはキッと前を見据えて杖を打ち鳴らした。

「王子の行為に抗議します！」

皆が一斉にこちらを向く。マリアはわずかに怯んだが、すぐに強い眼差しを王子に向けた。迷っている場合ではない。

「私はブラッドブレード公国で治癒院の職についています。皆様もご存じかと思いますが、かの国は前回の勇魔戦争の舞台です。短い戦争でしたが、王都は荒れ、負傷者も出て、そこから戦後に入植した人間と魔族の間も最初は上手くいっていなかったと聞きました」

それでも、とマリアは眉を吊り上げる。

「いまは共に手を取り合い、寄り添って新しい国を作っていこうとしています。それはダルバート全体の平和を望むからに他なりません。私自身も沢山の人間と魔族のやりとりを見てきました。時に傷つき、ぶつかり合い、それでも平和と融和を望むから最後は手を取り合って努力していました」

頭の中にたくさんの人の顔が浮かぶ。マルクス、ジョアンナ、ルーネとライナス、それに星祭り委員会のみんな。街のみんなも、森の精霊たちも、みんな手を取り合って生きているのだ。

「今の王子の言動は、その努力を根幹から踏みにじるものです。私は現ブラッドブレード公国民として、激しく抗議しますし、命令に従う義務もありません！　とっくにリストラされて、こちらの王国の聖女ではありませんから！」

言い終えると息が震えていた。はあっと強く吐き出して、杖に寄りかかる。言ってしまった。でもこれだけは譲れなかった。

辺りはしんとして音もなく……そこへ誰かが拍手する音が響いた。

「ははは！　小気味よい意見だ、マリア！」

顔を上げるとユズキが不敵な笑みで大きく手を叩いている。

「お前の言うことももっともだ。だが各国、各属領で様々な事情がある。どれだけ清らかな和平を望んでいる国だと口で言っても、我々には理解が出来ない部分もある、というのは理解してもらえるか。……その上で提案がある」

ユズキはまっすぐにマリアを見つめた。

「自分の正当性は自分で証明しろ、マリア。……聖樹の裁きを行う」

「聖樹の!?」

叫んだのは王子だ。

「おい、勝手に話を進めるな、そんなことは……」

「お前だって勝手に話を進めただろう？　聖樹は私の管轄下にある。王子でさえ手を出せない神域、と聖女長就任のときに説明してくれたのはお前だったよな？」

「それはっ……」

王子が言葉に詰まる。ふん、と笑ってユズキはマリアの方を見た。

「聖樹の前で行う決闘裁判は、この国にとって神託の次に絶対だ。明日の朝、王宮の聖樹の前で、私と治癒魔法の勝負をしろ。聖樹の精霊や光神の審査の前でお前が勝ったのなら、主張の正当性を認め、ブラッドブレードは完全に同じ和平を望むのだと信じてやろう。お前の言葉の清らかさを精霊たちが支持したということだからな」

「私が、ユズキ様と魔法勝負を……!?」

思わず声が震えそうになる。

「証明、という漠然とした目的だとわかり辛いな。よし、もしも私が勝ったら、お前はこの後の戦争に従軍してもらう。だがもしもお前が勝ったら……ブラッドブレード大公にかけた聖呪を解いてやろうじゃないか」

聖呪。その言葉にマリアも、それにアンドリュー王子も愕然としてユズキを見た。

「おいおい、ユズキ……聖呪を解くだなんて、そんな約束まで！」

「おや、正当だろう？　ブラッドブレードがダルバートに背くことがないと証明されたのなら、もはや必要ない縛りなのだからな。それとも、縛っていないと元魔族が恐ろしいだなんて、よもや勇者王国の王子が言うまいな？」

じろりと覗き込むようなユズキの視線に、アンドリュー王子はムッとしたような表情になる。彼は二人の聖女を交互に睨み付けた。

「まあいいか……元は三級聖女だよな？　特級クラスの潜在能力と推測されているが、実際の魔法で特級数値を出したわけでもない。特級を超えるユズキの力に敵うわけはないだろう。もちろん手加減はなしだよな、ユズキ？」

「私を誰だと思っている？　鬼の聖女長、ユズキ・ワタナベだぞ。後輩に対して手加減したことは一度もない」

不敵に言い放ち、ユズキもまた、マリアへと視線を移す。

「さあ、選択肢を選ぶのはマリア、お前だ。どうする、やるのか？」

ユズキの声は楽しんでいるような響きを帯びている。これがユズキが人を試すときのクセだ。マリアは俯き、考え込んだ。

自分とユズキとの勝負。

負ければ従軍させせられるが、勝てば聖呪を解いてもらえる。

それはヴィクトルの寿命が従来の長さを取り戻し、同時に子孫を作れる可能性が蘇ることを意味していた。

必ずしも子供がいなくてもいい、とヴィクトルは言っていた。

だが、自分は、できれば自分とヴィクトルの未来にたくさんの家族が居て欲しかった。

それは異世界に召喚されたときからたったひとりで歩いてきたマリアの、心の底から滲んだ願いでもある。

西の森の事件の際に、ルーネも言っていたっけ。

――自分に何の力もないなら、せめて、もっとも高い可能性に賭けるしかないじゃないですか！

――特にすごい力も持っていないダークエルフの女の子だと思いますが、ライナスのために最高の行動をするという、それだけは譲れなかったんです。

マリアは杖を握り直す。

強くはないし、平凡な自分だった。ユズキと対戦すると考えただけで震える。

でもきちんと努力をしてきたはずだ。

いままでは自信がなくてできなかったけれど……初めて、自分を信じてみたい。ヴィクトルの役に立ち、望む未来を勝ち取りたい。

「聖樹の裁きに、挑戦させていただきます」

周囲の視線がマリアに集中する。

ユズキがふんと笑った。

「勇気を出せるようにもなったのだな、マリア」

「大事なものがたくさん出来たので」

凛と答えた声に周囲が静まりかえった。

マリアは誇らしい気持ちでユズキを見上げた。自分は、こんな風にまっすぐに彼女を見返すことができるようになったのだ。そのことだけで少し嬉しい。

よし、とユズキが頷く。

「マリア以外にも他に私に挑戦したい者が居れば申し出よ。彼女との対戦のあとで受けて立とう」

その場の高揚を後押しするように、私も、と別の聖女が手を上げた。他にも、半分ほどの聖女がそれに続く。

いいだろう、とユズキは聖女たちを見下ろした。

「勝負は明日の朝。順番に私と魔力勝負をして貰う。詳細な方法については明日の朝伝えるが、普通の治癒魔法の数値の高さで競うことになるだろう。お前達の健闘に期待する」

ふっとユズキが挑戦的な笑みを浮かべた。

その後は先に言われていたとおり和やかで豪華な会食に移動したが、マリアはあまり食が進まなかった。明日のことがあるのだから当然だ。

どうしたらユズキに勝てるだろう。どうしたら自分の力をもっと伸ばせるだろう。そんなことばかりを考えていて、正直、料理の味も分からなかった。

その後、解散を告げられ、宿舎へ戻ったのはとっぷりと日も暮れた頃。

「聖女マリア、住んでいたお部屋を見ることが出来るよ」

声を掛けてくれたのはあのクラースだった。次の戦争の前に聖女寮を新しくするとは聞いていたから、マリアは迷わず自分の部屋へ行くことを希望した。

歩き出したクラースは最初に深く頭を下げた。

「すまないね、聖女マリア。せっかく楽しい会ということでお誘いしたのにこんな……私たちも王子の真意は知らなくて」

「いえ、大丈夫です。気にしていませんから」

その答えを聞いてクラースは微笑む。

「……強くなったね、聖女マリア。以前の君も明るく真面目だったけど、今は聖女長に劣らないほどの強い意志を感じる。明日はきっと上手くいくと思うよ」

「だといいのですけれど」

「我々が王子を止められれば良かったんだが……」

マリアの前を歩いて案内しつつ、クラースはため息をつく。

「ダルバートは自由に見えて、その行く末は神託に左右されている。特に国王陛下が病床に伏すようになり、王子が国政を見るようになってからは避けられたはずの戦争も多く……兵や国民も疲れているんだ」

沈んだ顔でクラースは再び息をついた。

「面と向かって王族に異を唱えることさえ昨今では難しくなっていたから、君の言葉はとても心に響いたよ。ああ見えてアンドリュー王子も悪い方ではないので、少し考え直してくださるといいんだが」

マリアを部屋に案内すると、では、と言ってクラースは去って行った。王国内部の事情は昔からいろいろと聞いていたが、こんな風になっていたとは。三級という下っ端だったときにはそれなりの気楽さに護られていたのだろう。

三階の奥、ベッドと机だけの狭い部屋に入るとマリアは目を細めた。

見慣れた窓の風景がやけに懐かしい。最後の日は片付けに忙しく、バタバタとここを後にしてしまった。それからわずか二ヶ月なのに、部屋は古ぼけ、自分はずいぶん遠くへ来てしまった気がする。

書棚は片付いていたが、何冊かの本、それに木製のカップが置かれていた。最初に来たとき木工所で作ってもらったもので、彫り込んだクマチャンの可愛さに喜んだ覚えがあった。

「懐かしいか？　マリア」

振り返ればそこにはユズキが立っている。慌ててお辞儀をするマリアを制し、ユズキはマリアの隣へ来ると窓の外へ目をやった。

「今回の件ではすまなかったな。あの王子……十年前に私が来た頃は鼻水を垂らしていたガキだったのだが、いつの間にかいっぱしの冷血覇王気取りになりやがって」

その言い方があまりに子供を叱るような口調だったのでマリアは思わず噴き出してしまった。

「いえ、王子の主張も分かりますから」

冷静になってみれば彼の言い分にも一定の正しさはある。

特にブラッドブレードなどは前回の敵国であり、属国となってからまだ三年しか経っていない。あの国内の雰囲気、融和への思いを知らないのなら、次の戦争の際に謀反あるいは敵対するかもしれないと疑われてもおかしくはないだろう。

そんなマリアにユズキは目を細めた。

「ここに来たばかりの頃を覚えているか？　お前はずっとビクビクしていたな。役に立とうと必死で、でも本当に役に立てるのか不安で」

マリアはそのときのことをありありと思い出した。そうだ、今度の世界では前よりも優秀になろう、有為になろうと必死だったように思う。

「与えられた仕事に不満を言わず、バカ正直にこなしていくお前が心配になったものだが、成長したたな」

「ユズキ様があのとき私に声を掛け、ブラッドブレードとの仲介をしてくださったことを心から感謝しています。それに今日も」

「お前を窮地に陥れただけかもしれんぞ」

「いえ、あれはチャンスです。そのお陰で聖呪を解くきっかけを頂くことができたのですから」

それは嘘偽りのない心からの感謝だった。

「本当に強くなったな、マリア」

ひっそりとユズキが微笑み、視線を落とした。

「……お前は、前の世界で私の元を去った後輩に似ているんだ。同じ病院の看護師をしていて、お前によく似た真面目なヤツだった。生真面目に働き、自分の能力不足を嘆きすぎて、最後は精神のバランスを崩して去って行った……」

彼女は深い息を吐いてから優しい目でマリアを見た。

「お前に特別に目を掛けたつもりはなかったが、心のどこかで重ねていたのだろうな。幸せを祈り、自分に合う場所を見つけて欲しいと送り出した。その願いはお前自身が見事叶えたというわけだ」

「周りの人に恵まれたからです。皆さん良い人ばかりで」

「なぜいい人にばかり恵まれたのか、というのは考えたことがあるか？　お前の周りに最初からいい人ばかりが居たわけでもあるまい」

「それは……」

「以前からお前がやり続けていたこと、そしていま、お前が身につけてきたもの。それがすべての答えだ」

マリアが顔を上げると、ユズキは頷き、ポンポンと肩を叩く。

「何か、明日の策はあるのか？」

「はい、なんとなく、ですが」

正直なところ、あまりきちんとしたものは浮かんでいない。ただ、自分が持つ特性や、これまでに経験してきたことを基本として組み立てるしかない。あとは夜の間に様々な試行錯誤をして、どこまで増幅力を高められるか……。

ユズキはそっとマリアの耳に口を寄せた。

「今は夏だ。お前だけが持つ能力を生かせ。それから杖の覚醒の増幅力もな。あとは……護りたいものや、人のことを思い浮かべること。これが私の最後の助言だ」

身体を離し、ニヤリと不敵に笑ってから去って行く。

マリアは呆然と後ろ姿を見送り……ハッとした。そういうことか。

杖を握り、先端を見つめる。今夜、徹夜すればなんとかなるかもしれない。

そうだ、この国では何日だって徹夜してきた。いまは手段を選んではいられない。すべての持てる力を使わなければ。

ヴィクトルと、自分の愛する人々、国の名誉と未来のために。

マリアはきゅっと表情を引き締めた。


次の日の朝。日の出から二刻ほど立った頃。

マリアとユズキ、それにアンドリュー王子たち関係者は、王宮内の聖樹の庭に集まっていた。

聖樹の庭というのはダルバート建国よりそびえるという巨樹を囲む離宮のエリアだ。苔むした聖樹はダルバートを見守り、同時に神託を下すための光神の使いでもあるという。

堂々とそびえる姿は大きく気高く、離宮の屋根を包み込むように朝の空に梢を広げている。

初めて間近で見る聖樹にマリアは深い息をついた。たくさんの精霊が遊んでいるのを感じる。その中のいくらかが……こちらに意識を投げるのも。

クラース事務官が声を張り上げる。

「早朝からお集まりいただいて申し訳ない。これより聖樹の御前にて魔法勝負を行う。勝負内容は各人一度きり、それぞれの治癒魔法の数値により勝敗を決めることとする」

その言葉に頷くのはアンドリュー王子とユズキ、マリア、さらに昨日挙手した聖女たちだった。結局、あの後も勝負をしたいという聖女が続出し、集合した者たちのおよそ九割がこの勝負に参加することとなったという。

「それだけ戦争に行きたくない、この国に戻りたくない者が多いということだ。アンドリューは現実を直視するべきなのに、これまでの国のルールに目を奪われている」

ユズキが小声で呟く。その声を小鳥たちの鳴き声がかき消していった。

「魔力計測の準備も整ったようだし、それでは最初の勝負を始めましょう。ユズキ聖女長、ブラッドブレードの聖女マリア・アオバ、前へ」

「はい」

名前を呼ばれ、震えそうな手で杖を握りしめながら前に出る。

円形に敷き詰められた石畳の上、右の端にマリアが、左の端にユズキが立った。

「それぞれ一回ずつ、治癒魔法をお使いください。詠唱は一回になるように、習得レベルに合わせてどの治癒魔法でも構いません」

聖女たちがざわつく。無理もない。特級の聖女と三級の聖女では使える魔法呪文から違うのだ。それだけ基本的な魔力量が違うということでもある。

「それではくじを引いてください。先攻と後攻を決めます」

クラースの持ってきたくじ箱から一つ、くじを引く。後攻だ。

「それでは聖女長から、どうぞ」

声と同時にユズキが自分の杖を構えた。金属製の翼がゆっくりと開く。その杖の元になったのは前世で使っていた体温計なのだとか。看護師になってからずっと使っていたものなのだと前に語ってくれたっけ……。

「清らの願いよ神へ届けよ、全能の翼以て我が願いに応えよ……緊急治癒！」

かん、と杖の底を石畳に打ち付ける。

途端にすさまじい量の光が溢れた。光の翼、と言った方がいいだろうか。聖樹がざわめき、翼が渦となって周囲を覆っていく。それは目映くて熱い、急激な回復の波動だった。

「これは……聖女長の治癒魔力は、ご、五千八百！」

周りの聖女がどよめく。ほぼ瀕死の人間を全回復させるほどの治癒力だった。

「すごい……」

マリアの呟きに、ユズキは不敵な笑顔で片目をつぶってみせる。光の名残がさらさらと石畳の上を滑り、庭の木々に吸い込まれていった。

「次の計測可能となりました。聖女マリア・アオバ、どうぞ！」

マリアは一歩進み出た。

『芽吹きの杖』を目の前に掲げる。埋め込まれた石に自分の姿が映り込むのを見つめる。

いろいろなことがあった。リストラされて、落ち込んで。怖い元魔王に拾われて、連れて行かれて。けれどその国でたくさんの人と出会い、心を通わせて。

ヴィクトルの愛を得て……。

いまはもうはっきりと分かる。

何が自分を変えてくれたのか。大きな出会いと変革を支えてくれたものは何か。

平凡で、ごく普通の私はただひとつ、誰にも負けないことがあったのだ。

周囲を、自分を諦めず、時に膝をつきそうになりながらも……前へ進む努力をやめなかったこと。

積み上げた努力のすべてを、ここに叩き込む！

「すべての言葉よ光となれ、精霊の声よ我が杖に満ちよ、清らの光はすべてを癒やす波となれ……聖光治癒！」

マリアは一瞬、目を閉じた。

お願い、『芽吹きの杖』、本当の力を貸して。

すべての思いを込め、かん、と杖の下を石畳に打ち付ける。

広がっていく光はいつもの治癒の光だ。光量にもさして目を見張るものはない。

だが。

「……なんだ？　治癒魔力の波が……こんなにいくつも⁉」

『芽吹きの杖』が光り、先端の装飾が動いた。天へ向かって花開くように杖の先が開いていく。そこからほとばしる複数の光の波が、やがて爆発的な光となって周囲を包み込んだ。

「こ、こんなこと……集団魔法でもないのに、治癒範囲がどんどん広がっていって！」

聖樹がざわめき、鳥たちが周囲を舞い踊る。光は王宮を超え、市街地の上までも走り抜けていく。朝の空気が揺れ、風が走り、王都に住まう樹木の精霊たちが声を上げるのが聞こえた。それでも波が収まらない。

ハッとしたようにクラースが計測機器にかじりつく。

「瞬間魔法力六百、ごく普通の三級程度だが……範囲すべての継続魔法力を合わせると、に、二万二千⁉　骨折なら三十人以上、重傷でも十人以上を同時に完治させるほどの力ですよ⁉」

周囲がしんと静まりかえった。

バカな、と叫んだ王子が計器に駆け寄る。

「三級聖女だぞ？　そんなことが」

「でもほら、計器には……ああ、どんどん上がっていきます。まだ治癒の波が続いている……逆に周囲から魔力が集まってくるようです！」

ふう、と息をついてマリアはようやく身体の力を抜いた。もう自分で魔力を出すのは終わりにしても大丈夫なはず。あとは、昨夜一生懸命話した精霊たちがやってくれるはず。

同時にふらりと倒れそうになる。

「マリア！」

ユズキが駆けつけ、その身体を抱き留めた。

「よく頑張ったな。しかし治癒の波とは」

もう一度深い息を吐いてから、マリアは石畳に座り込んだ。

「私は、ごく普通の三級聖女です。突発的な力はとてもユズキ様に及びません。ですが、ずっと努力を積み上げることでは、誰にも負けません」

ユズキがハッとする。

「お前、まさか杖の中に自分の魔力を蓄積して……！」

マリアは満足げに頷いた。

「偶然だったのですが、『芽吹きの杖』を開花させたくて、ずっと魔力を注ぎ込んでいて……昨夜、ユズキ様の言葉で杖を探ってみたらすべて蓄積されていました。その上で、一晩中かけて聖樹と周囲の精霊や動物たちに呼びかけて、力を貸してくれるようにお願いして」

「じゃあお前、一睡も」

「はい、これでようやく、安心して寝られます……」

「おい寝るな、まだだ！」

大声で言いながら駆け寄ってきたのはアンドリュー王子だった。

「聖女マリア、素晴らしいじゃないか！　あのユズキに勝つなんて。周囲の精霊と動物の魔力を吸い上げて治癒の魔力を大増幅させる……これは特級どころか国宝級だぞ！」

はい、と答えてマリアはユズキの肩を借り、慌てて身体を起こした。

「これで、聖呪を解いて……」

「ああ、呪いは解こう！　だがお前を帰すわけにはいかない」

鋭い言葉にマリアもユズキも目を丸くした。

「王子、何を……」

当たり前だろう、と彼は冷たい目でこちらを見た。

「これほどの力を持つ聖女を帰すわけないだろう？　戦場には引きずってでも連れて行く。予想外の逸材だったな。莫大な戦力だ！」

王子が片手を上げると背後から慌てたように騎士たちがやってくる。

「お、王子、それでは約束違反では！」

「国のため、神託のためだ。人との約束などその前には無効も同然だろ？」

クラースの言葉にも動じず、王子は腕組みをしてマリアを見下ろした。

「良かったな、聖女マリア。以前は何度受けても二級聖女にさえなれなかったらしいじゃないか。見事に成長してくれて私たちも嬉しいよ」

「あなたのための努力じゃない！　私は、私の愛する人々のために……！」

マリアは顔を上げ、王子を鋭く睨み付けた。

同時にユズキも杖を構える。

「アンドリュー、さすがに今回はお前を見損なったぞ。こんな……」

「見損なってもなんでもいい。私は王子であり、ダルバートの王権を維持するものだからな。人間ひとりずつの意見など構っては……」

大きな咆哮が聞こえたのはそのときだった。

地獄の底から響くような、低い低い叫びだ。

「な、なんだ……？」

もう一度、今度は至近距離で声がする。耳がビリビリするほど。クラースたちは顔をしかめたが、マリアは目を丸くした。この声、まさか。

聖樹の枝がざわめき、すさまじい音で何かが降りてきた。精霊が風に乗って騒ぎ立てる。

羽ばたきと同時にマリアとユズキの前に降りたのは黒い影だった。

ピンと尖った耳と、ふっさりした尻尾。前足には古い傷。

背中には四枚の翼まで生えていたが、その黒い姿は見間違いようがない。

「ヴィクトル様……！」

黒い狼と化したヴィクトルは、マリアの方を見て小さく頷いた。

背中にしがみついていたマルクスがぴょんと飛び降り、マリアに一礼する。

「お迎えに参りました、マリア様」

「ど、どうしてこんな、ここに！」

「ヴィクトル様がどうしても心配だとおっしゃって」

にこっとマルクスが笑う。

「どうやら心配は的中したようですな」

「そ、それよりもヴィクトル様のお姿は！」

黒い狼は王子に向けて威嚇《いかく》のうなり声を上げていたが、マリアがそう言うとスルスルと、本当の魔法のようにいつものヴィクトルの姿に戻った。

そのままマリアに頷き、こちらを背に庇うように王子と対峙する。

紫の眼光の鋭さにマリアは震え上がった。本当に怒っているのだ。でも、そのまま王子を傷つけたら……！

心配するマリアが声を掛ける前に、ヴィクトルはすっと王子の前に膝をついた。

「久しぶりにお目に掛かるな、アンドリュー王子。我が婚約者の迎えに上がらせていただいた」

「む、迎えって……この聖女はダルメリアの」

「ブラッドブレードの聖女、だ」

紫の目が燃えるような色で王子を見つめる。

「もはや我々の領民のひとりであり、皆にとってかけがえのない人物。私以外にも帰りを待ちわびる者が魔族にも人間にも精霊にだって大勢居る。もしも彼女が本人の意思に反して帰ることができないとなれば……それでも人間ひとりのことだと侮れますかな？」

ゾッとするほど低い声は先ほどの咆哮と同じ。震え上がるような恐ろしさと鋭さだ。

だがマリアの方に向けられた背中は広く、包み込むように大きくて。

マリアはその背中に寄り添った。温かい。彼の心が感じられる気がして、思わず涙を零してしまいそうだった。

「元魔族で、属領の大公が……何を……！」

一歩後ろに退いた王子の前で大きな笑い声が響いた。ユズキだ。

「あっはっは。アンドリュー、これは完全にお前の負けだな。引き際だ、もうやめろ」

「だ、だが！」

眉を吊り上げて対峙する王子にユズキは大きくため息をついた。

「私はお前の王国の聖女長だ。この十年、お前の成長を見守り、神託を支え、共に立ってきたつもりだ。だからこそ、今回のように決定的に間違った時は再教育しないとな！」

ぐっと握りしめた拳を、ユズキはそのまま王子の右頬に叩きつけた。

後ろに吹っ飛んだ王子を騎士たちが慌てて抱えようとする。

「触るな！　……来い、アンドリュー。本当の王道、人の上に立ち国を治めるための教育を、一からやり直そう」

王子の襟首を摑み、ふう、とユズキはスッキリした顔になる。

「ふん、失神したか……他愛ない。手間を掛けさせたな、マリア。コイツとは長い付き合いだし、王子でもあるので日頃はそれぞれの職分は守っているのだが、人との約束や信頼を決定的に無視するなら話は別だ」

ユズキはヴィクトルの方を見ると目を細めた。

「大公よ、そういうことだ。私はコイツを育てると老王に約束したので約束を果たす。お前はマリアを幸せにすると約束したのだから、守れよ。でなければお前もこうなる」

「……肝に銘じておく」

ヴィクトルが神妙な声で答え、マリアはようやく肩の力を抜くことができた。

ユズキが、そうだ、とアンドリューを放り出し、ヴィクトルの方を向く。

「ここで聖呪を解こう。聖樹もあるし、掛けたのは私だからな。約束の履行は早いほうがいい」

そう言ってユズキはヴィクトルの腹へ手をかざしたが、彼はその手を軽く押さえた。

「頼みがある。子孫を断絶する呪いは解いてもらいたいのだが、寿命の方は……調整するだけでいい」

「どういうことだ？」

ヴィクトルはマリアを見て目を細める。

「人間と同じくらいの寿命でいい、ということだ。長すぎる寿命などいらない。愛する人のいない人生など、虚無に等しいのだから」

「ヴィクトル、さま」

その言葉がじんわりと、心の底にまで染みていく。

ユズキは二人を見比べて、それから深く頷いた。

「願いは聞き届けよう。……少し熱くなるぞ」

ユズキがヴィクトルへ手をかざし、口の中でいくつかの言葉を唱える。これは密呪といって秘密裏に掛ける呪文だ。言葉で鍵を掛ける場合に使われる。ピンと空気が張り詰め、それからカチリと外れるのが分かった。ユズキが息をつく。

「寿命の方は調整するにとどめた。これから数十年……少なくとも平均的な人間と同じくらいは続く」

「すまない、ありがとう」

ユズキは表情を緩めた。

「最初に旧魔王国で出会ったとき、あなたはそれこそ虚無に沈み込んだような顔をしていたな。あまりに悲壮なので、戦争に勝った私たちのほうが痛々しい気持ちになったほどだった。だが、いまは全く違う」

ユズキはマリアを、ヴィクトルを交互に見て微笑んだ。

「二人と、そしてブラッドブレード公国の人々に、光神の加護があらんことを。マリア、国の人々を大切にな。その融和の姿勢は、もしかしたら今度の戦後にも、必要になるものかもしれないから」

ユズキの目がまっすぐにマリアを見据え、ふっと離れていく。聖女長は失神した王子を引きずったまま、聖樹の向こう、王宮への入り口へと歩いて行った。

皆様、と言ってクラースが後を引き継ぐように、マリアと、それに残されて呆然としている聖女たちに声を掛けた。

「あまりのことに私たちも驚いていますが……聖樹の裁きは王国にとって絶対の理。聖女マリアの勝ちをもって裁きを終え、王子の負傷により今後の勝負は中止となります。当然、この集いも解散です。皆様は当初の予定通り、王都を散策するもよし、ご自分の国へ帰られるもよし、ご自由になさってください」

周囲の聖女たちがどよめきと安堵のため息をついた。

「えっ、い、いいのですか？」

「ええ」

クラースは困ったような、あのときと同じような笑顔で頷いた。

「皆様が変わってくださったように、ダルバート勇者王国も少しずつ変わっていかなければなりません。人材への考え方、勇魔戦争のこと、融和のこと……。次の戦後、もしもよろしければ、平和を構築する際にでも、皆様のお手をお借りできればと思います。ああ、もちろん、自由参加ですが！」

慌てた言い方に、聖女の中から笑い声が起きる。クラースは一礼し、王宮前広場への入り口を開けて指し示した。

やがて散り散りに歩き出した聖女たちの後ろで、マリアはヴィクトルを見上げる。

「私たちも、帰りましょうか」

「そうだな」

すっと腕を組んだ二人を見て、クラースは微笑んだ。

「お似合いですよ。……お帰りはやはり飛んで行かれますか？」

「いや、馬車で帰る」

ヴィクトルが静かに首を振った。

「今後は獣化の無駄遣いはできない。妻と、長生きすると決めたからな」

マリアは真っ赤になり、クラースがごちそうさまでした、と笑って一礼した。

「それにしてもびっくりしました」

ブラッドブレード王宮に戻り、談話室で一息ついたところでマリアが言った。

「本当にもうダメかと思ったのですが、まさかヴィクトル様が現れるなんて……」

あの後、ダルメリアの街でブラッドブレードの人々にお土産を買い、それから停車しておいた馬車に乗り込んで帰ってきた。王宮に着いたのは昼過ぎ、そして遅いランチを食べ終えてこうしてソファに並んで座り、お茶を飲んでいる。

窓の外には穏やかな夏の景色が広がり、早朝の騒ぎと修羅場が嘘のようだ。

ヴィクトルは、当たり前だ、と息を吐いた。

「『芽吹きの杖』はブラッドブレードの森と繫がっている。深夜からおかしな波動が続いていたから、お前に何かあったのかと思ってな。調べてみたらユールを通してお前を幻視することができてな」

今回は何があるか分からないのと、万一の連絡のためにとユールを部屋に残していったのだ。ユールはマリアとユズキ、二人と繫がっているから、連絡の際に役立つだろうと。

もっとも、これもユズキの助言から行ったことだから、本当に彼女には頭が上がらない。

「あのあと、大丈夫だったのかしら……ユズキ様……」

「いや、どちらかといえば王子の方が大変そうに思えたが」

あのとき、ユズキは笑ったり柔らかい言い方をしていたが、心底怒っていたのだと思う。

——人との約束や信頼を決定的に無視するなら話は別だ。

彼女の信念と優しさ。彼女は彼女で、あの国でたくさんの大事なことを積み上げてきたのだろう。国の中にも、王子の中にも。だからこそ、それを軽んじられて、許せなかったのだ。

ヴィクトルがマリアの手を取り、自分の膝の上へ引き寄せた。そっとこちらの胸に頭を押し当ててくる。

「ありがとう、マリア。改めて礼を言う。私の未来が明るくなったのはすべてお前が勇気を出してくれたお陰だ」

「い、いえ、私こそ……ヴィクトル様や、他の方々にいろいろなものをもらいましたから」

そうだ、あの局面で、たくさんの人の顔が浮かんだ。ヴィクトルを始め、委員会の人々、マルクスやジョアンナ、ルーネも……。

「すべての人に支えられて力が出せたのです。ダルメリアの木々の精霊たちが協力してくれたのも、私の思いを知ってくれたから」

マリアの必勝への秘策。それは、夜通しかけてダルメリアに住む樹の精霊たち、動物たちを説得したことだった。

「植物や動物にも魔力はありますから、少しだけ、あの朝に分けてくれるよう話をしたんです。すべての街路樹、公園の木、それに猫も犬も動物も……」

「すべてに声を掛けるとなると、大変な時間が掛かりそうだが」

「そうでもありません。精霊たちは地域ごとに精神を融合させていますから、いわばその地域で声を出せば掲示板のようにみな集まって聞いてくれるのです」

マリアが一生懸命話した言葉に精霊も動物たちも同情してくれた。特に農場暮らしの動物は仲間意識が強く、仕事でよく訪れていたマリアのこともしっかり覚えていた。それぞれ声を上げて同意してくれたから、他の人間が起きないかヒヤヒヤするほどだった。

街路樹や森の精霊も人間を見守る気持ちは同様だ。動物たちの声を聞いてこちらに賛同し、そのときが来たら力を貸そうと約束してくれたのだ。

だが、と顔を上げてヴィクトルはマリアに軽く口づけをする。

「もう、あんな危険は冒してほしくない。床に座り込んで聖女長にすがっているお前を見たとき、西の森での恐怖が蘇った。もう、あんな恐ろしい思いはしたくないのだ」

その手が震えているのに気付き、マリアは自分の手を重ねた。不思議なものだな、と重なる手を見ながらヴィクトルが笑う。

「以前の私はほとんど何も持っていなかった。大事なものといえばマルクスとエイダ、王宮の少数の者たちくらいだった。そのときは何も怖くない、自分は最強の存在だと思ったのに……」

紫の瞳がマリアをじっと見つめる。

「こうしてお前や、お前に連なる者たちを大切に思えば思うほど、失うのが怖くなる。愛することで、私は弱くなったのか？」

「いいえ、違います」

マリアは彼の頰を手で優しく挟み、そっと口づけをした。

「弱さを知ることは、きっと強さへの階段なんです。弱さの原因を、愛する者を守ろうとするから、強くなれる。私もやっと気付くことが出来ました」

「マリア、ああ……」

ヴィクトルがマリアの頰を押さえ、口づけを落とす。彼の口づけはいつも最初は優しい。慣れた仕草でこちらの唇を優しく食み、小鳥のように啄《ついば》んで開かせる。

「ん……」

けれどすぐに動作は勢いを増し、強引に口の中に侵入してくるのだ。舌を絡め、喉奥まで吸い上げられて。マリアは思わず喘ぎ声を出したが、それもいつものこと。ヴィクトルはマリアの肩を押さえ込んで唇を存分に嬲《なぶ》った。

「ふ、う……」

いつもよりも強引で、熱を帯びた口づけに心も身体も流されてしまう。ざらついた舌に浸食され、喉の奥で息をつくのがやっとだ。

ようやく解放したマリアの耳にヴィクトルが狼のような吐息を掛ける。

「……寝室へ行くぞ、いいな」

はい、と頷くと同時に抱き上げられる。

片手でマリアを抱き、もう片方の手でドアを開けてからヴィクトルは寝台にマリアを下ろした。お姫様みたいにそっと横たえてから、今度は野獣のように服を脱がせていく。白い聖女衣、パニエ、ドロワーズにストッキング。下着まで剝ぎ取られてマリアはさすがに顔を赤くした。

「こ、こんな昼間に……」

「我々はもう十分労働をしたはずだ。特にお前は働き過ぎの傾向があるからな、ここからは楽しむ時間だ」

そう言ってヴィクトルはマリアの手首を握り、爪の先に、腕の内側にキスを落とした。そこから次々に腕へ、胸へと移動していく。まるでキスの嵐だ。くすぐったい、そして時々、痛いほど吸われてマリアは身体をよじった。

「あ、は……」

「良い声だ。この声が……愛おしくてたまらない。もっともっと聞きたくなってしまう」

ヴィクトルは首筋を舐め上げ、それから耳にささやく。

「今日はお前にたくさん礼をしなければな……」

息が掛かるだけでゾクゾクするのに、ねっとりと舌を差し込まれたからたまらない。

「そんな……やっ、あぁっ……」

くちゅ、と耳が犯される音がしてマリアは喉をひくつかせた。痺れが背中を駆け上がっていく。

同時にヴィクトルは片方の手でたっぷりとマリアの胸を揉み上げると、その先端をつまみ上げた。きゅっと捻り、指の腹で捏ねられるとすぐに乳首が硬くなってしまう。

「ひ、ぁ、だめ……」

「お前のダメ、は良いということだな。私はよく学んでいるぞ」

ふふっと笑った声が耳に掛かる。そこでまたぞくりと震えた。ヴィクトルは存分に耳をしゃぶってから首筋に口づけ、そのまま胸へ。空いている方の胸をぺろりと舐めてから先端を深く口に含んだ。

舌先がちろりと乳首を舐める。

「あ、や、ぁあ……」

身体をよじったマリアはつい、胸を差し出すような形になる。そこにヴィクトルがかぶりつき、押さえつけるようにしてじゅうっと吸い上げた。乳首の先に舌が這い回る。少し

動いただけで痺れるような快感が走った。

「ああん、……」

マリアは耐えられずにのけぞったが、ヴィクトルはがっちりと含んだまま離さない。舌先で丹念に胸の尖りを転がし、濡れた先端へ歯を立てる。

「ひゃあっ、ぁあ！」

いっそう敏感に感じてしまう。軽い痛みと快楽とを交互に与えられ、ますます先が尖っていく。

その反応に気を良くしたのか、ヴィクトルは、ちゅ、とわざとらしく唇で胸先を弄る。刺激を受けるごとに肌が震え、腰の奥がずくんとうずくような気がする。もう片方の乳房も存分に揉みしだかれ、マリアは激しくいやいやと首を振った。

「嫌がっているようには見えないが？」

「あ、ん、いじわる、です……！」

ヴィクトルの与える刺激に身体は奥まで熱くなりつつあった。その手が胸を這うたび、弄るたび、関係のない下肢に湿った熱が溜まっていくように感じるのだ。

「ふ、相変わらず胸が弱い。お前の反応が可愛らしくて、つい夢中になってしまう……」

ヴィクトルは言いながら太ももを撫で、秘花に指で触れた。マリアが思わず足をすりあわせようとすると、彼はそこへ強引に自分の足を割り込ませる。マリアの太ももを掴み、大きく開くと、ヴィクトルは濡れた秘部に口づけをした。

そのまま、じゅ、と強く吸い上げる。

「あ、やあっ、そんな！」

マリアは腰を震わせた。ゾクゾクした痺れに下腹部がきゅうっと音を立てそうだ。腕に、足に鳥肌が立つ。だがその間にもヴィクトルは舐めるのを止めず、肉花の真ん中を口に含み、舌で舐め尽くした。

「い、あ……」

おかしな感覚に頭の芯まで揺さぶられる。腰の奥から熱いバターが流れ出すよう。身体を動かすことさえできず、逆にヴィクトルは膣穴の中へ舌を差し入れた。

「だめ、そんな、きたない……！」

「ふ、魔狼の感覚を持つ私にそれを言うか？　お前のどこもかしこも、甘い匂いと味がするだけだ……」

彼の舌は分厚くざらついて、湿っている。かぶりつくように吸い上げ、舌で蹂躙していく。足の間で揺れる頭を眺めながらマリアは身もだえするしかできない。ヴィクトルの息は荒く、まるで獣に襲われているような気持ちだ。秘部に食いつき、舌で犯し尽くしていく、愛おしい黒い獣……。

「したたり落ちるようだな、この果実は」

「ぁあんッ……」

ふっくりと持ち上がった花の芯をヴィクトルは執拗に舐め、しゃぶり尽くす。時折軽く歯を当てられ、マリアは焼かれるような刺激に嬌声を上げた。秘部を囓《かじ》られると足の先までぴくぴくと痙攣してしまう。

ふう、と息をついてヴィクトルは身体を起こした。息が荒い。

「ああ、マリア、私の……」

ぐい、と太ももが広く押し開かれ、そのまま一気に突き入れられた。

「ひ、やっ」

マリアは叫びながら身体を跳ねさせた。重く熱い質量で奥の蜜壺を擦られる。抉るように内襞を擦り、強く潜り込んでくる。

「や、ぁああん」

太い先端で突かれると腰骨までが音を立てて軋んだ。濡れた媚肉が竿へ絡みついてしまう。甘い声が漏れるのが恥ずかしくて手で押さえたが、それもすぐに摑まれて外された。

「いけない子だ。お仕置きをしないとな……」

「あっ、あっ！」

強く突き上げられ、マリアの身体が揺さぶられる。ヴィクトルは下を攻めながら、マリアの胸を強く揉み込んだ。刺激を受け止めるように下腹が音を立てて収縮する。

「くっ……いいぞ……！」

「や、ぁああん、っ、ぁああ！」

ずっと奥まで差し込まれ、少しだけ抜かれて、もっと奥へ。身体を揺さぶりながらヴィクトルは自身をなお強く打ち付ける。汗を垂らし、こちらを攻めながら、彼はさらに乳首を舐め、しゃぶり上げた。

「きゃぁ……ぁあ！」

マリアの声が昼の空気を震わせる。ぎしぎしと揺れるベッドがその感情をさらに推し進める。舌の先で乳首を刺激され、マリアは甘い声を振りまくしかない。

もう何も分からない。ただ、彼のすべてが……その先の、二人の未来が欲しい。

マリアは手を伸ばしてヴィクトルの首筋を抱きしめた。

「ヴィクトル、さま、ください、あなたと……一緒の、未来を……！」

彼は一瞬、驚いたようにマリアを見つめたが、すぐに強く抱きしめ返した。

「ああ……一緒に作ろう、二人で……！」

一気に突き上げられた腰の奥に肉茎が食い込む。溜まった熱に貫かれ、マリアは大きくのけぞった。

「あ、ぁあ、ああッ……！」

唇から漏れる声を掬い取るようにヴィクトルが口づけをしてくれる。荒っぽいけれど、優しい仕草で、幾度も、幾度も角度を変えて愛撫する。上と下とを彼で埋め尽くされてマリアは身体の奥から息をついた。誰かとこんなに深く溶け合うのは初めてだった。

どくどくと流れ込む熱も、自分を抱きしめる逞しい腕も、すべて愛おしくて……。

彼が顔を離し、こちらを見る。

「愛おしい人……マリア……、ああ、お前に会えて本当に……良かった」

言葉が心に溢れてくる。

最初の花束からずっと続いてきた、それは彼からの最高の贈り物だった。

「私もです……」

答えながら相手を抱きしめる。

昼下がりの穏やかな光の中、二人は一つに溶け合ったまま幸福な余韻に浸り続けていた。

エピローグ

秋も終わりの空に、ポン、と季節違いの花火が上がる。

自室で最後の支度をしていたマリアは顔を上げた。

あの日の花火を思い出す。夏の明るい星祭りの夜……初めてヴィクトルと結ばれた夜。

まさかこんなことになるとは、あのときは想像もつかなかったけれど。

「花火も上がりましたね。そろそろ参列客が大広間へ入るところでしょうか。こちらの支度も……よし、仕上がったようです！」

ジョアンナと髪結い師が脚立からぴょんと飛び降りた。その前に仕立て屋のプリストルが大きな姿見を持ってくる。

「マリア様、どうぞ、鏡をご覧くださいまし」

マリアはゆっくりと鏡の方を向いて目を丸くした。

身に纏っているのはピタリと身体に合った真っ白なドレスだ。オーガンジーと絹の二重になった生地には、シードパールで美しい模様が縫い取られている。ふわりと広がった袖と、花のようにすらりと伸びる裾が対照的で、長い長いトレーンが部屋の入り口まで続いていた。

そして頭のティアラにはこの季節の花、ブレンダンオリーブの花が銀細工のように飾られている。

ところどころに組み込まれた白薔薇も美しく、王家のティアラの輝きをいっそう引き立てていた。

ついにヴィクトルとの結婚式の日がやってきたのだ。

「ご婚約から成婚まで四ヶ月もないとは、まあなんとも忙しい日程でしたが……お身体のことを考えたら早いうちに、というのも分かりますね」

「いつ悪阻《つわり》がでるか分からないものね」

婚約と同時にマリアが妊娠していることも発表された。もっと遅らせて、安定期になってから、という意見もあったが、それならば悪阻もない、戦争もない時期に行おうとヴィクトルが強引にこの時期へ早めたのだ。

ダルバートはあの後も戦争の準備を続けていたそうだが、実は水面下で交渉が続いてい

「素敵ね……」

たのだという。先週になってようやく、今回の相手である魔族の国と和平が成立しそうだというので、安心して式に出られるとユズキが喜んでいた。昨日、ブラッドブレードに到着した際にアンドリュー王子から預かったと大きな花束を渡してくれたから、きっと王子も考えを改める部分があったのかもしれない。ユズキとの信頼関係があって本当に良かったとマリアは思った。

コンコン、と部屋がノックされる。

「マリア、支度はできたか？」

「ええ」

ドアを開けたのはヴィクトルだ。

こちらも真っ白なフロックコートに白いタイと手袋、いつもは緩くウェーブを描く黒髪をきっちりと撫でつけていた。それにやや上気した顔と、腕に抱えた花束と。まるで絵本の中から出てきた王子様のような姿だった。

マリアはほうっと息をついた。この人と私が結婚するなんて。まさかそんな、少女小説の中のような出来事が起きるとは思わなかったけれど……。

「とても、綺麗だ」

そうして頬にキスしてくれる感覚は、あくまで現実のもので。

「さあさあ、聖女様に元魔王様、イチャつくのは式の後にしてくださいね！　皆さん待ちくたびれてますので！」

ジョアンナの声にハッと二人で我に返る。

そうだ、今日はマリアのためにたくさんの人が来てくれているのだ。ルーネに、アゼルムス院長に、星祭り委員に、それからたくさんの……かけがえのない人々が。

「それでは行こうか、マリア」

ヴィクトルの渡してくれた花束に、マリアは最初の場面を思い出す。

「一番最初の日を覚えている？　あのとき、急に花束を渡されたからびっくりしたのよ」

「それは何度も聞かされただろう？　お前を見つけた嬉しさに焦ってしまったから……すまなかったと。けれどきちんと勉強した内容を実践したのだぞ？　あの少女小説にあるような……」

ヴィクトルが憮然とした表情を浮かべる。

彼は本当に変わった。険しい表情はほとんど見せなくなり、よく困り、よく悲しみ、そしてよく笑うようになった。その豊かな表情がマリアには何よりも嬉しい。

きっと、マリア自身も大きく変わったのだろう。

彼と寄り添い、この穏やかな国で最後のときまで過ごす。そんな最高の幸せを得ることができたのだから。

「険しい顔以外は本当に嬉しかったけれど。……じゃあここでもう一度、正しいやり方を

披露していただけますか？」

おどけて言ったマリアの前で、ヴィクトルは跪き、鮮やかな花束を差し出す。

「君を探していた……ずっと探していた。一緒に来て欲しい」

はにかんだように、それでも嬉しそうにヴィクトルは微笑む。

かつての魔王は愛情を覚えて人と為り。

聖女はようやく愛する人と輝ける場所を手に入れて。

「もちろん、ずっと一緒に行くわ！」

マリアは花束を受け取り、満面の笑みで彼の腕に自分の腕を絡めた。

並んで幸せへと向かう二人を、美しい秋の光が祝福するようにいっそう輝かせるのだった。


（了）

あとがき

こんにちは、せらひなこです。ティアラ文庫では七冊目、プランタン出版さんでは通算九冊目のこんにちはでしょうか。今回もお手に取ってくださってありがとうございます。

前回のお笑い異世界モノに続きまして、今回も異世界転移ものになりました。前回は転生、今回は召喚になりますね。実は最初の段階ではもう少し山あり谷ありといいますか、ハードモードめのプロット構成を考えていて、さて執筆に取りかかろうかというとき！

家族全員で……コロナに罹患ッ……！

幸い全員が軽症で済んだのですが、一番熱の低かった私も喉の痛みや怠さで三日ほどベッドから動けませんでした。家族も似たような状況で、食材はネットスーパーとアマゾン頼み。このときほどインターネットがありがたかった週は無かったと思います。

なんだかんだで丸々二週間、一家で自宅軟禁されたのですが、それだけですでに現実のハードモードにゲッソリしてしまいまして、ハード系だったプロットも「異世界では……もう少しヌルく優しく暮らさせてくれ……」と今回のややまったり優しい話に落ち着いたのでした。

読者の皆様もどうかご自愛くださいませ。

今回の挿絵は旭炬《あさひこ》先生です。以前の『溺愛婚　絶倫公爵は愛しの薄幸令嬢をなんとしても妻にしたい』でのイラストも大変ご好評いただいていたのですが、今回もその魅力はパワーアップ！　出来上がった美麗表紙に編集F氏ともども「魔王マジでカッコイイ……」となりました。ヴィクトルのかっこよさ、ツンとデレの感じ、実は天然なところなど、余すところなく表現していただけたと思います。マリアも想像通りの清楚かつ芯のある女性に描いていただけて幸いです。旭炬先生、御多忙の中で本当にありがとうございました。

いつも通りうんうんと唸る遅筆のケツをたたいてくれた担当F女史にも感謝を捧げます。今回はコロナで〆切りも延ばしていただいてしまって申し訳ない……どこかで焼き肉食いに行きましょうね……。さらにチームツイッターの皆さんにもありがとうを言わせてください。愚痴だの雑談だのコロナの悲痛な叫びだの、たくさん聞いていただいてありがとうございました。

最後に、執筆期間を支えてくれた家族&愛犬に感謝を表して……それではまた、次の作品でお会いいたしましょう。

追放《リストラ》聖《せい》女《じょ》は再《さい》就《しゅう》職《しょく》先《さき》で純《じゅん》情《じょう》魔《ま》王《おう》に溺《でき》愛《あい》されそうです!?

ティアラ文庫をお買いあげいただき、ありがとうございます。
この作品を読んでのご意見・ご感想をお待ちしております。

✦ファンレターの宛先✦
〒102-0072　東京都千代田区飯田橋3-3-1
プランタン出版　ティアラ文庫編集部気付
せらひなこ先生係／旭炬先生係

ティアラ文庫&オパール文庫Webサイト『L'ecrin《レクラン》』
https://www.l-ecrin.jp/

著者――せらひなこ
挿絵――旭炬（あさひこ）
発行――プランタン出版
発売――フランス書院
〒102-0072　東京都千代田区飯田橋3-3-1
電話（営業）03-5226-5744
（編集）03-5226-5742
印刷――誠宏印刷
製本――若林製本工場

ISBN978-4-8296-6965-5 C0193

ティアラ文庫

Tia6833

♥ 好評発売中! ♥

ティアラ文庫

Tia6818

♥ 好評発売中! ♥

Opal Label オパール文庫